クリスマス・キャロル

チャールズ・ディケンズ

井原慶一郎〈訳・解説〉

A Christmas Carol in Prose

Being A Ghost Story of Christmas

Charles Dickens

春風社

クリスマス・キャロル

A CHRISTMAS CAROL

Charles Dickens

1843

序文

私はこの幽霊にまつわる小さな本において、あるアイデアの幽霊を呼び出そうと努めました。それは決して読者のみなさんの機嫌を損ねるものではありませんし、読者同士とも、クリスマスの季節とも、著者である私とも必ずや幸福な一体感をもたらしてくれることでしょう。この幽霊がたびたび読者のみなさんの家々に楽しく出没し、失望させることがありませんように。

読者の忠実な友であり僕《しもべ》、

C.D.

1843年12月

目次

STAVE

I

マーレイの幽霊

MARLEY'S GHOST

いいですか、みなさん、マーレイは死んでいます。もし疑われるのでしたら、教会の埋葬記録を調べてみてください。牧師が、書記が、葬儀屋が、喪主が、ちゃんと署名していますよ。スクルージの名前もあります。スクルージの名前は、ロンドンの王立取引所ではたいへん信用があって、彼が署名したものはすべて優良な債権とみなされるんですからね。間違いなく、マーレイは死んでいます。

古くからの言い回しで、間違いなく、完全に死んでいることを「ドアに打ちつけた鋲釘《びょうくぎ》のごとく死んでいる」と言いますね。私は何もここで自分の知識をひけらかすつもりはありません。私自身はむしろ、金物屋の商品のなかで一番死の影が濃いものとして棺桶用の釘を挙げたいくらいです。しかし、こうした比喩には先祖の知恵が込められているのですから、私の不浄の手でそれを変えてしまうことはやめておきましょう。伝統を軽んじることは、国の行く末にも関わることですからね。ですから、この比喩を使ってもう一度、こう繰り返すことをお許しください。マーレイはドアに打ちつけた鋲釘のごとく死んでいます。

スクルージは、マーレイが死んでいることを知っていたかですって？　あたりまえじゃないですか。どうして知らないということがあるでしょう。マーレイはスクルージの共同経営者だったんです。何年も一緒に仕事をしていたんですよ。スクルージはマーレイの、たった一人の遺言執行人、たった一人の遺産管理人、たった一人の遺産相続人、たった一人の残余財産受取人、たった一人の友達、たった一人の葬儀立会人だったのですから。しかも、スクルージはその悲しい出来事にひどく取り乱すことなく、まさに葬式のその日に見事な実業家ぶりを発揮し、厳しい交渉によって厳《おごそ》かに式を執りおこないました。

そうそう、マーレイの葬式で思い出しました。私が言いたかったのは、マーレイは間違いなく死んでいるということです。このことはしっかり理解しておいていただかなければなりません。そうでなければ、私がこれから話す物語が不思議でも何でもない、ただの普通の話になってしまいますから。もし劇が始まる前に、ハムレットの父親は死んでいるのだとじゅうぶん納得していなければ、父親の亡霊が夜中、冷たい東風の吹く城壁のうえを徘徊する行為‡1も、向こう見ずな中年紳士が意志薄弱の息子を驚かせるために、暗くなってから、そよ風の吹く場所――たとえばセント・ポール大聖堂の境内《けいだい》――に出かけていくといった何の変哲もない話とほとんど変わらないものになってしまうでしょうから。

スクルージは会社の表札のマーレイの名前をそのままにしていました。マーレイが死んで何年かたった今でも、事務所のドアのうえには「スクルージ＆マーレイ商会」と書かれています。その会社は「スクルージ＆マーレイ商会」という名前で知られていました。初めて事務所にやってきた人のなかには、スクルージのことをスクルージさんと呼ぶ人もいれば、マーレイさんと呼ぶ人もいました。スクルージはどちらの呼びかけにも答えていました。彼にとってはどちらでも同じことだったのです。

しかし、なんて欲深い老人だろう、スクルージは！　搾《しぼ》り取り、もぎ取り、つかみ取り、削り取り、いったんつかんだら絶対に離さない、強欲な罪深い者！　頑固で鋭利な様子は、まるでどんな鋼《はがね》も気前よく火花を打ち出すことができない火打ち石のようです。牡蠣《かき》のように無口で、自分の殻に閉じ籠もり、いつも一人でした。心の冷たさによって、年老いた彼の表情は凍りつき、尖った鼻先は枯れ、頬は萎《しな》び、足取りはぎくしゃくしていました。目は赤く血走り、薄い唇は真っ青でした。そして、その冷気は、きしむような声と辛辣《しんらつ》な言葉とともに外に漏れ出しました。頭にも、まゆにも、尖ったあご先にも白霜《しろしも》が降りていました。彼が行くところ、いつでも温度が低くなりました。猛暑の時期でも事務所は凍りつき、クリスマスの時期にも寒さを緩めることはありませんでした。

心の外側が暑かろうが寒かろうが、スクルージにはほとんど影響はなかったのです。どんな暖かさも彼を暖めることはできず、どんな寒さも彼を寒がらせることはできませんでした。どんな風も彼ほど厳しくはなく、どんな積雪も彼ほどしつこくはなく、どんな土砂降りの雨も彼ほど無慈悲ではありません。どんな悪天候も彼を打ち負かすことはできませんでした。ただし、激しい雨や雪、雹《ひょう》や霙《みぞれ》も、ただ一つの点ではスクルージに勝っていました。それらは「気前よく」降ってきましたが、スクルージが「気前よく」振る舞うことなど決してなかったからです。

路上で彼を呼びとめて、嬉しそうな顔をして、「こんにちは、スクルージさん。今度家《うち》に遊びに来てくださいよ」と言う人はいないし、小銭を恵んでくださいと彼に言う物乞いもいないし、今何時ですかと彼に聞く子どももいなければ、男であれ、女であれ、かつて生涯に一度として、どこそこへの道を教えてくださいとスクルージに尋ねた者は一人もいません。盲導犬さえもがスクルージのことを知っているようでした。スクルージがやってくるのを見ると、彼らは飼い主を玄関口や路地まで引っ張っていきました。そして、まるでこう言っているかのようにしっぽを振ったのです。「あなたがあんなに暗く濁った目を持っていなくてよかったと心から思いますよ、ご主人さま！」

しかし、スクルージはそんなことはまったく気にしていませんでした。まさに、それこそがスクルージが望んでいたことだったからです。あらゆる同情心に近寄るなと警告しながら、この世の人混みのなかを縫うように進んでいくことこそ、スクルージにとっては、物知り顔の人が言うところの「欣快《きんかい》の至り」だったのです。

昔あるとき、一年のうちで最も楽しい日――クリスマス・イブの日に、スクルージは事務所で忙しく働いていました。その日は、冷たく、寒々として、身を切るような、霧の濃い日でした。事務所の外の路地では、人々がぜいぜい息をしながら行き来する音、体を暖めるために胸をたたいたり、舗道の敷石を勢いよく踏みしめたりする音が聞こえました。街中の時計の鐘が三時を打ったばかりだというのに、外はもうすっかり暗くなっていました。この日は一日中曇っていました。近隣の事務所の窓辺に見えるロウソクの炎は、褐色の霧についた赤いしみのように見えました。この霧はあらゆる隙間や鍵穴から事務所のなかに入り込もうとしていました。路地の道幅はとても狭かったのですが、あまりにも霧が濃いために、向かいの建物はただの幻影と化していました。黒ずんだ雲が低く垂れ込め、霧となってすべてのものを覆い隠す様子をもし見ることができたなら、その人は、自然の女神が近所に住んでいて巨大なスケールでお茶を煮出しているところを想像したかもしれません。

スクルージは事務員を見張るために、自分の部屋のドアを開けっ放しにしていましたが、その事務員は、向こうの小さくて陰気な、水槽のような小部屋のなかで、せっせと手紙を書き写していました。スクルージの部屋の暖炉の火はとても小さかったのですが、事務員の部屋の暖炉の火はもっともっと小さく、石炭一個だけに見えます。けれども、事務員が暖炉に石炭をくべることはできませんでした。石炭箱はスクルージの部屋に置いてあったからです。それに、もし事務員がシャベルを持ってスクルージの部屋に入っていけば、スクルージは事務員の肩をたたいて退職を勧めたことでしょう。だから事務員は仕方なく白いマフラーを首に巻いて、ロウソクの炎で暖まろうとしましたが、想像力が足りなかったせいでしょうか、うまくいきませんでした。

「クリスマスおめでとう、おじさん！　神さまの祝福がありますように！」元気な声が聞こえました。それはスクルージの甥の声でした。彼はとても素早くスクルージのところにやってきたので、スクルージは甥の声を聞いて初めて彼がそこにいることを知りました。

「ふん！　ばかばかしい！」

スクルージの甥は、冷たい霧と霜のなかを小走りでやってきたので、体全体がほてっていました。魅力的な顔には赤みがさし、目は輝いていました。そして、再び白い息を吐き出してこう言いました。

「クリスマスがばかばかしいですって、おじさん！　本気で言ってるんじゃないでしょうね」

「本気だ」スクルージが言いました。「クリスマスおめでとうだって！　お前は何の権利があって、どういう理由でおめでたくなれるんだ。貧乏人のくせに」

「では、おじさんは何の権利があって、どういう理由で不機嫌なんです。お金持ちのくせに」甥は陽気に言い返しました。

スクルージは、即座によい返答が見つからなかったので、また「ふん！」と言ってから、

「ばかばかしい！」と付け加えました。

「機嫌を直してください、おじさん」

「わしの機嫌が悪いのは、ばか者どもの世界に住んでいるからだ。クリスマスおめでとうだって！　クリスマスなんてクソくらえだ！　クリスマスがお前にとっていったい何だって言うんだ。金がないのに勘定を払わなければならん日、一つ年を重ねても金は一つも重ねられないのがわかる日、帳簿を締めて一年一二ヵ月すべての項目が赤字という答えが出る日じゃないか」スクルージは憤然として言いました。「もし、わしの望みどおりになるなら、クリスマスおめでとうなんてほざいてまわる連中は、一人残らず自分のクリスマス・プディングと一緒に蒸し焼きにして、心臓にヒイラギの枝を突き刺してから埋めてやる。当然だ！」

「おじさん！」甥は訴えかけるような口調で言いました。

「甥よ！」おじは厳しく言い返しました。「お前はお前のやり方でクリスマスを祝えばよろしい。わしはわしのやり方でやる」

「やるって」甥がおうむ返しに言いました。「おじさんはそもそも祝ってないじゃないですか」

「じゃあ、わしはわしのやり方でやらないい。クリスマスなんか祝ってなんになる！　クリスマスがお前に何をしてくれた！」

「お金にならなくても、ためになることはたくさんありますよ」甥が答えました。「なかでもクリスマスがそうです。僕はクリスマスが来るといつも——イエスさまの誕生日として尊ぶのは別にして、もちろんそれとこれとを区別することはできないけど——それを、ありがたい日だと思うんです。親切と、寛容と、慈善と、喜びの日。一年の長いカレンダーのなかで、この日だけは、みんなが心を一つにして、普段閉じている心の殻を破って楽しく付き合うんです。そして、困っている人たちのことを、別の目的地に向かう赤の他人ではなく、つかのまの人生をともに生きている同じ旅の仲間と考えるんです。だからね、おじさん、銀貨や金貨の一枚が僕のポケットに入るわけじゃないけど、クリスマスは僕のためになるし、これからもそうだと信じています。だから、クリスマス万歳！」

　小部屋のなかの事務員は思わず拍手しました。しかし、すぐに自分の場違いな行為に気づくと、動揺したのか、暖炉の石炭を火かき棒で突っつき、最後の弱々しい炎を永遠に消してしまいました。

「もう一度音をたててみろ」スクルージは言いました。「失業によってクリスマスを祝うことになるぞ。ずいぶん演説がうまいじゃないか」今度は甥のほうに向き直って言いました。「国会議員にでもなるんだな」

「怒らないでください、おじさん。ねぇ、いいでしょう！　明日僕たちと一緒に食事をしましょうよ」

お前たちの所に行くくらいなら――。そうです。彼は最後まで言ってしまいました。お前たちの所に行くくらいなら――地獄に行くほうがましだ、と。

「なぜです」甥は言いました。「どうしてです」

「どうしてお前は結婚したんだ」

「恋に落ちちゃったからですよ」

「恋に・落ち・ちゃった・から・だと！」スクルージは、この世にたった一つだけクリスマスよりもばかばかしいものがあるとすれば、それは、恋に・落ち・ちゃった・ことだと言わんばかりに叫びました。「さようなら！」

「だけどね、おじさん、おじさんは僕が結婚する前から会いに来てくださらないじゃないですか。なぜ今それを理由にして来ないとおっしゃるんですか」

「さようなら」

「おじさんから何かをもらおうと思ってないし、何かをお願いするつもりもありません。なのに、どうして仲良くなれないんですか」

「さようなら」

「そんなに頑固なおじさんを見て、心から残念に思います。僕たちが口げんかしたことは今までだって一度もないのに。だけど、今日僕はクリスマスに敬意を表して、おじさんと仲良くなろうとしたんです。だから僕は最後までクリスマス気分を持ち続けます。メリー・クリスマス、おじさん！」

「さ・よ・う・な・ら！」

「そして、新年おめでとう！」

「さ・よ・う・な・ら！」

スクルージの甥はひとことも愚痴をこぼさずに部屋を出ていきました。彼は戸口のところで立ち止まり、事務員に季節の挨拶を述べました。事務員の体は冷えきっていましたが、スクルージのように心のなかまでは冷えきっていないようでした。事務員は心を込めて季節の挨拶を返しましたから。

「ここにも頭のおかしなやつがいる」事務員の言葉を耳にして、スクルージはつぶやきました。「週給一五シリング‡[2]で、妻子持ちで、クリスマスおめでとう、だと。こんなおかしな世の中なら、わしのようなまともな人間こそがベドラム‡[3]に入らねばならん」

　この少しばかり気のふれた事務員は、スクルージの甥を見送ると、今度は別の二人の人物を招き入れました。彼らは、ほれぼれするほど恰幅《かっぷく》のよい紳士で、今はもう帽子を取ってスクルージの部屋のなかに立っています。手には帳簿と書類を持ち、スクルージに会釈しました。

「スクルージ&マーレイ商会さんですね」紳士の一人が名簿を見ながら言いました。「お目にかかっているのはスクルージさんでしょうか、それともマーレイさんでしょうか」

「マーレイは七年前に死にました。今晩でちょうど七年になります」スクルージは答えました。

「マーレイさまの寛大なお志は、共同経営者であるあなたさまによってご継承されていることでしょう」その紳士は信用証明書を差し出しながら言いました。

継承という点に関しては、確かにそのとおりでした。彼らは瓜二つの気の合った同志だったからです。「寛大なお志」という不吉な言葉に顔をしかめると、スクルージは首を振り、信用証明書を返しました。

「スクルージさん」紳士はペンを手に取って言いました。「一年のうちで最も喜ばしいこの季節に、貧しい人たちや困っている人たちにちょっとした施しをするのは、いつにもまして好ましいことです。彼らはこの時期とくに困っております。何千という人たちが日々の生活に必要な物資を買うことができません。また、何十万という人たちが生活に楽しみを見いだせないでいます」

「監獄[‡4]がなくなったとでも？」スクルージは尋ねました。

「たくさんありますとも」紳士はペンを戻しながら言いました。

「それから救貧院[‡5]は？」スクルージは強い調子で尋ねました。「ちゃんと稼働中なんでしょうね」

「稼働中ですな」紳士は答えました。「残念ながら」

「じゃあ、踏み車[*6]と救貧法は止まっておらんわけですね」

「両方とも忙しく動いております」

「そうですか！　あなたが最初妙なことをおっしゃるので、何か問題でも起こったかと心配しましたよ。それを聞いて安心しました」

「しかしながら、わが国が罪のない大勢の者たちに、人間らしい心と体の糧《かて》を与えることができていないという現状では、私ども民間の有志が基金を集め、貧しい人たちに食べ物や飲み物、毛布や石炭などを買い与えるほかありません。私どもがこの時期を選びましたのは、貧しい者が貧しさを痛感し、富める者が富を実感するのがとりわけこの時期だからであります。あなたさまのお名前でいくら記帳いたしましょうか」

「なしで頼む」

「匿名をご希望ですね」

「ほうっておかれるのがご希望だ。何がご希望かと聞かれるなら、それがわしの答えだ。わしはクリスマスに陽気になんかならないし、怠けている連中を陽気にさせるような金もない。監獄と救貧院の運営を維持するために、ちゃんと高い税金を払っている。生活できないやつはそこに行けばよろしい」

「多くの者をそこに収容することはできませんし、むしろ彼らは収容されるくらいなら死んだほうがましだと思うでしょう」

「死を選びたいのなら――」スクルージは言いました。「止めはせん。過剰人口[‡7]が解消されて結構じゃないか。それに、すまんが、わしの知ったことではないのでね」

「知るべきではございませんか」紳士は意見を述べました。

「わしには関わりのないことだ」スクルージは答えました。「人は自分のことをしっかりとやっていればいいのであって、他人のことに干渉すべきではない。わしはわしのことで忙しいのだ。では、ごきげんよう」

　これ以上議論しても無駄だとはっきりわかったので、二人の紳士は引き下がりました。スクルージは、わしもなかなかやるもんだわいと内心気をよくして、いつもより楽しげに仕事を再開しました。

　そうこうしているうちに、霧と夜の闇が濃くなってきたので、大通りではたいまつ持ちが走り回り、馬車を先導して目的地まで送り届けていました。古い教会の塔のなかには中世風の低い響きを持つ鐘があって、ゴシック様式の窓からいつもスクルージをこっそり見張っていましたが、それも完全に見えなくなりました。その鐘は一五分おきに雲のなかで時刻を告げましたが、その震えるような残響音は、まるで凍えた塔のなかで歯ががちがちと鳴っているかのようでした。寒さはますます厳しくなりました。路地から大通りへの曲がり角では、数人の人夫がガス管‡[8]を修理中でした。近くに置いた火おけのなかでは石炭が勢いよく燃えていましたが、これ幸いと、ぼろを着た男たちや少年たちが一固まりになって火に手をかざしたり、目をぱちぱちさせたりしながら嬉しそうに暖をとっていました。誰からも顧みられない消火栓からあふれた水は無愛想に凍りつき、人間嫌いの氷になっていました。店のウィンドウに飾られたヒイラギの枝や実はランプの熱によってすっかり乾燥していましたが、その明かりは道行く人々の青白い顔をバラ色に染めました。鳥肉屋と食料雑貨店は素晴らしい冗談の種になっていました。それらはバーゲンやセールといったありきたりな商売の原理とはほとんど無縁の、豪華絢爛な見世物となっていたからです。壮麗なマンションハウス‡[9]に住むロンドン市長は、総勢五〇名の料理人と執事に、市長公邸にふさわしいやり方でクリスマスを祝うよう命じました。その市長の名において、酔って道で暴れたかどで月曜日に五シリングの罰金を申し渡されたばかりの一介の仕立屋さえもが、彼の痩せた妻が赤ん坊を連れて牛肉を買いに出かけている間に、小さな屋根裏部屋で明日のプディングの材料を一生懸命かき回していました。

　さらにいっそう霧深く、寒くなりました。肌を刺し、身を切るような、骨身にこたえる寒さでした。もし聖ダンスタン‡10が彼の使い慣れた道具ではなく、今日のような寒さで、誘惑する悪魔の鼻をつまんだとしても、悪魔は同じように数マイルにもわたって聞こえるほどの喚《わめ》き声を上げたことでしょう。犬が骨をかじるように、寒さによって鼻をかじられ、しゃぶられた小さな鼻の持ち主が、スクルージの事務所のドアの前で身をかがめ、鍵穴からクリスマス・キャロルを歌って主人を楽しませようとしたところ――

「陽気な紳士に神の祝福ありますように！
心の平和を乱すことがありませんように！」

最初の第一声を聞くや否や、スクルージはものすごい勢いで簿記棒をつかんで少年を威《い》嚇《かく》しましたので、少年は慌てて逃げ出し、霧と、主人の冷たさにふさわしい霜に再びその鍵穴を譲り渡しました。

ようやく事務所を閉める時刻がやってきました。スクルージは椅子から立ち上がると、小部屋のなかの事務員に時間が来たことを無言で告げました。事務員は待ってましたとばかりに、すぐさまロウソクの火を消し、帽子をかぶりました。

「明日はまる一日休みが欲しいと言うんだろうな」

「よろしければ」

「よろしくはない。それにフェアでもない。もし明日の分の半クラウン‡11をわしが支払わないと言ったら、お前は、きっと、自分はひどい扱いを受けていると思うんだろう」

事務員は力なくかすかな笑みを浮かべました。

「それなのにお前は――」スクルージは言いました。「仕事をしない日の賃金をわしが払うことに関しては、わしがひどい扱いを受けたことになるとは思わんのだろう」

事務員は「一年に一度のことですから」と言いました。

「毎年一二月二五日に人さまのポケットから小銭をちょろまかす言い訳にはなっとらん！」スクルージはオーバーコートのボタンをあごのところまで留めながら言いました。「しかし、どうしても明日一日休みが欲しいと言うのなら、明後日の朝はいつもよりずっと早く出てくるんだ、わかったな！」

事務員はわかりましたと答え、スクルージはぶつくさ言いながら事務所をあとにしました。事務所は瞬《またた》く間に閉じられました。事務員は白いマフラーの長い両端を腰の下までぶらさげながら――彼はオーバーコートを持っていなかったので――帰り道、クリスマス・イブを記念して、コーンヒルで少年たちの列に混じって二〇回も凍った坂道をすべってから、家族みんなで目隠し遊びをしようと全速力でキャムデン・タウン‡[12]にあるわが家に帰りました。

スクルージはと言えば、いつもの陰気な居酒屋で、いつもの陰気な夕食を食べました。彼はすべての新聞に目を通すと、あとは通帳を見て時間をつぶしました。家には寝に帰るだけだったのです。彼は、今は亡き共同経営者から譲り受けたアパートに住んでいました。それは庭の奥まったところにある、押しつぶされたような建物のなかの陰気なひと続きの部屋でした。その建物は孤立してぽつんとそこにあったので、その建物が子どものとき、ほかの建物とかくれんぼをしていて、そこに隠れたまま出てこられなくなったのではないかと想像してしまうほどでした。建物は今ではもうかなり古く、うら寂れていました。そこに住んでいたのはスクルージただ一人だけで、残りの部屋はすべて事務所として貸し出されていたからです。庭はとても暗く、敷石の置かれた場所をすべて把握しているスクルージでさえ手探りで進まなければなりませんでした。古く黒ずんだ玄関も霧と霜にすっかり覆われていました。それはまるで天気の神さまが戸口に鎮座し、陰鬱な物思いにふけっているかのようでした。

さて、みなさん、この家のノッカーには、それがとても大きかったということのほかには、とくに変わったところは何もありませんでした。また、スクルージはそこに住み始めてからというもの、朝も夜もこのノッカーを見ていました。さらに、スクルージは、ロンドンのシティの誰よりも――大胆な発言とは承知していますが、市参事会員を含むロンドン市自治体のお歴々や同業組合員もひっくるめて――空想する力というものを持ち合わせていませんでした。その日の午後、七年前に死んだ共同経営者の名前を口に出してから、スクルージは今の今までマーレイのことをすっかり忘れていました。それなのにです。どうしてそんなことが起こったのでしょうか。スクルージがドアの鍵穴に鍵を差し込んだとき、彼がドアのノッカーのなかに見たもの――彼の目にいきなり飛び込んできたものは――ノッカーではなく、マーレイの顔でした。

マーレイの顔。庭にあるものはすべて漆黒の闇のなかに溶け込んでいたにもかかわらず、薄暗い地下の食料品貯蔵庫のなかで鈍く光る腐りかけのロブスターのように、そのまわりに薄気味悪い光を帯びたマーレイの顔。それは怒っている顔でも、荒れ狂っている顔でもなく、いつもマーレイがスクルージを見ていたように、スクルージの顔を見つめています。幽霊のような透明なおでこに、幽霊のような透明な眼鏡をのせて。髪の毛は奇妙にも、そよ風か熱風が当てられているかのように、かすかに揺れていました。目は見開かれていましたが、瞬《まばた》き一つしませんでした。その目と鉛色の顔がその様子を恐ろしいものにしていました。その恐ろしさは、顔の表情からきているというよりも、幽霊の意思とは無関係なものから生じているように見えました。

スクルージがこの不思議な現象を見つめていると、それはもとのノッカーに戻りました。

彼がひどく驚いていなかった――これまでに感じたことのないような恐怖に血が凍りついていなかった――と言えば、嘘になるでしょう。しかし、彼はいったん離した鍵に再び手をやると、それをしっかりと回し、家のなかに入ってロウソクの火を灯しました。

確かに、彼は玄関のドアを閉める前にちょっとだけ躊躇《ちゅうちょ》しました。彼はまずドアの内側を注意深く観察しました。それはまるでマーレイの長い後ろ髪がドアから玄関ホールのほうに突き出ているのを見て驚くことを半分予期しているかのようでした。しかし、ドアの内側にはノッカーを留めているボルトとナット以外は何もありませんでした。そこで、彼は「くだらん！」と言ってから、玄関のドアをバタンと閉めました。

その音は雷のように家中に鳴り響きました。階上のすべての部屋と、地下のワイン貯蔵庫のすべての樽が別々に反響しているように聞こえました。しかし、スクルージは反響音ごときにおびえるような、やわな男ではありません。ですから、彼はドアの鍵を閉めると、玄関ホールを横切って、ロウソクの芯の先を切りながら、ゆっくりと階段を上っていきました。

私たちは六頭立ての馬車を喩《たと》えに使って、それを走らせることができるくらい広くて頑丈な旧式の大階段とか、それが通り抜けられるくらいの大穴があるひどい新法案といった言い方をすることがありますが、私がここで言いたいのは、そうした曖昧な喩えではなく、実際にその階段で葬儀用馬車を横向きに——馬をつなぐ前方の横木を壁、後方のドアを階段の手すりのほうに向けて——しかも難なく運び上げることができたかもしれないということです。そうするだけの広さと余裕がありました。それが理由なのでしょうか。スクルージは薄暗闇のなかで目の前を駆けていく葬儀用馬車を確かに見たような気がしました。通りから半ダースのガス灯を持ってきて玄関ホールを照らしたとしても、じゅうにぶんな明るさにはならなかったのですから、ましてやスクルージが手にした一本の獣脂ロウソクだけではどれほどの暗さだったかというのはご想像いただけるでしょう。

スクルージは、あたりの暗闇をこれっぽっちも気にせずに階段を上っていきました。暗闇はお金がかからないからいいのです。それでも、スクルージは自分の部屋の入り口の重たいドアを閉める前に、いくつかある部屋のなかを確認して回りました。そうしないですむほどには、まだ例の顔が頭から離れていなかったのです。

居間、寝室、納戸《なんど》、すべてよし。テーブルの下にも、ソファの下にも、誰もいない。暖炉には小さな火が消えずに残っている。スプーンとお碗もちゃんとそこにある。小さな鍋に入ったお粥も（スクルージは鼻かぜをひいていたのです）ちゃんと暖炉内の横棚のうえにある。ベッドの下には、誰もいない。クローゼットのなかにも、誰もいない。怪しげな様子で壁にかかっていたガウンのなかにも、誰もいない。納戸のなか――古い炉格子《ろごうし》、古靴、二つの魚籠《びく》、三つ足の洗面台、火かき棒――もいつものとおり。

彼は満足して、入り口のドアを閉め、錠をおろしました。二重に錠をおろしました。いつもはしないことです。こうして不意打ちを食らわないように安全を確保してから、ネクタイをはずし、ガウンとスリッパに着がえ、ナイトキャップをかぶりました。そして、椅子に座ると暖炉の火にあたりながら、お粥を食べ始めました。

その火はとても小さく、これほど厳しい寒さの夜にはほとんど何の役にも立ちませんでした。その一握りの燃料からごくわずかな暖かさの感覚を引き出すために、彼はなるべくその近くに座り、覆いかぶさるようにしなければなりませんでした。暖炉は、かなり前にオランダ商人によって造られた古いもので、暖炉の内側の三面の壁は古風で趣のあるオランダ・タイルで飾られていました。そのタイルの一枚一枚には聖書の物語――カインとアベル‡[13]、ファラオの娘‡[14]、シバの女王‡[15]、羽毛マットレスのような雲に乗って舞い降りる天使たち、アブラハム‡[16]、ベルシャザル‡[17]、舟形ソース入れのような小舟に乗って湖に漕ぎ出す使徒たち‡[18]など、彼を思索へと誘う多くの人物——が描かれていました。それなのにです。突然、七年前に死んだマーレイの顔が現れると、古代の預言者アロンの杖‡[19]のように、それらすべてを飲み込んでしまったのです。もしその光沢のあるタイルに最初から何も描かれていなかったとしても、それぞれのタイルがスクルージのとりとめのない考えを映し出す鏡の役割を果たしたとしたら、その表面にはみな等しくマーレイの顔が浮かび上がったことでしょう。

「ばかばかしい！」スクルージはそう言うと椅子から立ち上がり、部屋を横切りました。

何度か行ったり来たりしたあとで、彼は再び腰を下ろしました。椅子の背もたれに寄りかかったとき、ふと彼の目にとまったのは一つのベルでした。今は使われていない、天井からぶら下がっているそのベルは、どういう理由かはわかりませんが、この建物の最上階にある部屋とつながっていました。彼が見つめていると、このベルは静かに揺れ始めました。そのときスクルージが感じた驚きと言いようのない恐ろしさはどれほどだったでしょう。最初そのベルは静かに揺れ始めたので、ほとんど音を立てていませんでした。しかし、すぐにこのベルは激しく鳴り始めました。そして、家中のベルが激しく鳴り始めたのです。その時間は三〇秒あるいは一分だったかもしれませんが、一時間くらいに感じられました。家中のベルは、鳴り始めたときのように一斉に鳴り止みました。その音に続いて、地下のほうから、何かの金属音が聞こえてきました。それは、まるで誰かがワイン貯蔵庫の樽にかけた重い鎖を引きずっているかのような音でした。スクルージはそのとき、幽霊屋敷に出没する幽霊は鎖を引きずっているものだという話をどこかで聞いたことがあるのを思い出しました。

地下の貯蔵庫のドアがバーンと開く音が聞こえました。それから、鎖を引きずっているかのようなその音は次第に大きくなり、一階まで上ってきました。そして、その音は階段を上り、まっすぐにスクルージの部屋のドアのところまでやってきました。

「ばかばかしいわい！」スクルージは言いました。「わしは信じない」

しかし、彼は青ざめました。その音が少しも躊躇なく重たいドアを通り抜け部屋に入ってきたとき、スクルージの目の前に現れたのは幽霊（！）でした。そのとき、消えかけていたロウソクの炎が、まるでこう叫んでいるかのように一瞬激しく燃え上がったのです。

「俺はやつを知っているぞ！　マーレイの亡霊だ！」

同じ顔。まったく変わっていません。弁髪のように後ろ髪を編んで垂らし、いつものチョッキを着て、ぴったりとしたズボンにブーツを履いたマーレイです。ブーツの房飾《ふさ》りは、編み髪、上着のすそ、残りの髪の毛と同様、逆立っていました。彼が引きずっていた鎖は腰のところで留められていました。長く、しっぽのように体に巻きついています。スクルージがこの鎖をよく見ると、それは鋼鉄製の金箱、鍵、南京錠、元帳《もとちょう》、証文《しょうもん》、重い財布でできていました。彼の体は透明で、スクルージが彼の姿を眺めると、チョッキの向こう側には、上着の背中に付いている二つのボタンが透けて見えました。

スクルージは、マーレイには心臓《ハート》がないと人が言うのをよく耳にしていましたが、そんなことは今の今までまったく信じていなかったのです。

いいえ、今だって信じていません。その幽霊をじっと見つめ、それが彼の目の前に立っているのを見ていたにもかかわらず、その幽霊の放つ視線の冷たさに背筋が凍っていたにもかかわらず、その幽霊の頭とあごを縛った包帯――生前のマーレイには見られなかったものです――の織り目までもが見えていたにもかかわらず、彼はまだその存在を疑い、自分の感覚と戦っていたのです。

「どういうことだ！」スクルージは、いつもの調子で辛辣《しんらつ》に冷たく言いました。「何が望みだ」

「たくさんある！」マーレイの声です。間違いありません。

「お前は誰だ」

「私が誰だったかと聞いてほしい」

「それなら、お前は誰だったんだ」スクルージは声を荒げて言いました。「恐ろし――いくせに細かいじゃないか」彼は「恐ろしく細かい」と言おうとしましたが、そちらのほうがより適切だったのでそう言い換えました。

「生前はお前の共同経営者だったジェイコブ・マーレイだ」

「座ることができるのか」スクルージは疑わしげに彼を見て、そう尋ねました。

「座れる」

「じゃあ、座ってみろ」

スクルージがそんな質問をしたのは、こんなに透明な幽霊が椅子に座るという芸当をはたしてやってのけることができるかどうか不審に思ったからです。それができない場合には、ばつが悪い説明が必要になるかもしれなかったので、それも期待していました。しかし、幽霊は、いつもし慣れているというように、暖炉をはさんで向かい側の椅子に腰を下ろしました。

「私の存在を信じていないらしいな」

「信じない」

「お前の感覚を信じないで、いったい何をもって私の存在を信じると言うのかね」

「わからん」

「どうして自分の五感を信じないんだ」

「ちょっとしたことで狂うからだ。少し胃の調子が悪いとだまされるからだ。お前さんは、消化されていない牛肉か、マスタードのしみか、チーズのかけらか、生煮えのポテトだ。お前さんは、何かは知らんが、霊魂というよりも、ベーコンのほうに近いんだろう！」

スクルージは冗談を言うような男ではなかったし、そのときだって、決しておどけていたわけではないのです。自分自身の気を紛らし、恐怖心を抑えるために、しゃれのめそうとしていたというのが本当のところです。というのも、幽霊の声は骨の髄《ずい》まで彼を震え上がらせていたからです。

幽霊のじっと自分を見据えるガラス玉のような目を、座ったまま、たとえ少しの間でも黙って見つめていると気が変になりそうだとスクルージは思いました。幽霊自体から地獄の霊気が立ち上っていることも非常に恐ろしく感じられました。スクルージ自身はそれを感じることができなかったのですが、見た目には明らかでした。幽霊はまったく動かずに座っていたのですが、髪の毛、上着のすそ、ブーツの房飾りは、まるでかまどの熱でそうなっているかのように揺らめいていました。

「この爪楊枝が見えるかね」スクルージは、今説明した恐怖心から、素早く再び攻撃に転じて言いました。自分をじっと見つめる幽霊の視線を、たとえ一瞬でも逸《そ》らしたかったのです。

「見えるとも」

「見ておらんじゃないか」

「それでも――見えるのだ」

「やれやれ！」スクルージは言い返しました。「この爪楊枝を飲み込んでみろ。これから一生涯自分自身の作り出したゴブリンの軍団に悩まされることになるぞ。ああ、ばかばかしい。ばかばかしいったら、ばかばかしい！」

　これを聞くと、幽霊は恐ろしい叫び声を上げ、体に巻きついた鎖を揺らしました。その陰鬱な大音響を聞いて気絶しないよう、スクルージはしっかり椅子につかまりました。しかし、彼の恐怖はどれほどだったでしょう。幽霊が、部屋のなかは暑すぎるとでもいうように、頭に巻いた包帯[‡‡20]を取ると、下あごが胸のところまでずり落ちてきたのです！

　スクルージはひざまずくと、顔の前で両手を握りしめました。

「勘弁してくれ！」彼は言いました。「恐ろしい亡霊よ、どうしてわしを苦しめるんだ」

「俗世の人間よ！　私の存在を信じるのか、信じないのか」

「信じるとも。信じねばならん。だが、なぜ幽霊がこの世に現れ、わしのところにやってくるんだ」

「すべての者の心は、人々と交わり、あまねく旅をするように創られているものだ」幽霊

は答えました。「もし、この世で心が一歩も外に出なければ、人はあの世でそうする運命にあるのだ。世界中をさまようことが運命づけられている。そして、この世の身であれば分かち合え、幸福へと変えられたかもしれないことを、今はもう分かち合えない苦しみを何度も味わわなければならないのだ！」

幽霊は再び叫び声を上げ、鎖を揺らすと、自分の不運な境遇を嘆いて両手をもみしぼりました。

「その鎖はどうしたんだ」スクルージは震えながら言いました。「教えてくれないか」

「生前自らの手で作り出した鎖を身につけているのだ。私は鎖の輪を一つずつ作り、つなげていった。そして自分の意思でそれらを腰に巻き、自分の意思で身につけたのだ。この鎖に見覚えはないかね？」

スクルージはますます震えました。

「お前は」幽霊は続けて言いました。「自分が身につけている鋼鉄製の渦巻きの重さと長さがわからないのかね？　七年前のクリスマス・イブにはちょうどこのくらいの重さと長さだった。それからまたコツコツと作り込んだものだ。なんとも巨大な鎖！」

スクルージは五〇尋《ひろ》か六〇尋の錨鎖《びょうさ》が自分を取り囲んでいるかもしれないと思って、床に目をやりました。しかし、何も見えませんでした。

「ジェイコブ」スクルージは言いました。「ジェイコブ・マーレイ、もっと話してくれ。慰めの言葉を言ってくれ、ジェイコブ」

「それは私の役目ではないのだ、エベニーザー・スクルージ」幽霊は答えました。「慰めの言葉は別の国からもたらされ、ほかの使者たちによってほかの者のところへ伝えられる。私は語りたいことをすべて語ることができない。私に残された時間はわずかだ。私は休むことも止まることもできない。一か所に留まることができないのだ。私の心は一歩も事務所から出なかった。私の言うことを聞け！　私の心は生涯にわたって会計事務室の薄暗い穴蔵から出ることはなかった。だから今、永遠にさまよっているのだ！」

物思いにふけるときに、ズボンのポケットに両手を入れるのがスクルージの癖でした。幽霊が言ったことについて考えを巡らせながら、彼は視線を上げることなく、膝をついたまま、今実際にそうしていました。

「のんびり旅をしているというわけだな、ジェイコブ」スクルージは謙虚で丁寧ではあるものの、実務的な態度で尋ねました。

「のんびり旅だと！」幽霊はスクルージの言葉を繰り返しました。

「死んでから七年。その間ずっと旅を続けているのか」スクルージは考えを巡らせながら言いました。

「まる七年間ずっとだ」幽霊は答えました。「休息も心の安らぎもなく、後悔の念にたえず苛《さいな》まれながらだ」

「ゆっくりなんだろう？」

「風の翼に乗って飛ぶように速くだ」

「七年間で踏破した距離は相当なものなんだろうね」

幽霊はこれを聞くと、三度叫び声を上げ、夜の静寂のなかで鎖の金属音を響かせました。その音はあまりにも大きかったので、近所迷惑だから直ちにやめるよう夜警が警告したとしても何の不思議もなかったでしょう。

「ああ！」幽霊は叫びました。「無知蒙昧《もうまい》の輩《やから》よ、人類の長きにわたる永遠平和への絶え間ない営み――それが訪れる前に、人々はあの世へと旅立たねばならない――その営みに気づかないとは。愛にあふれた者が、どんなに小さな場所でも、自分の愛情をすべて使い尽くすには人生はあまりにも短いと感じている、そのことに気づかないとは。たった一度だけ与えられた、生きた愛の時間を逃してしまったことへの後悔の念は無限で果てがない、そのことに気づかないとは！　だが、私がそうだったのだ！　私こそがその輩だったのだ！」

「でも、ジェイコブ、あんたは仕事のできる優秀な実業家だったじゃないか」スクルージは口ごもりながら言いました。彼はマーレイのことを自分に当てはめて考えるようになっていたのです。

「仕事だと！」幽霊は再び両手をもみしぼりながら叫びました。「人間愛が私の仕事だったのだ。まわりにいる人たちの幸福が私の仕事だったのだ。思いやりが、寛大さが、善意が、すべて私の仕事だったのだ。商売上の取引などは、私の仕事という大海にくらべれば、わずか一滴のしずくにすぎなかったのだ！」

幽霊は、それが尽きせぬ悲しみの源だというように両腕を広げて体に巻きついた鎖を持ち上げると、その重い鎖を再び床に投げ出しました。

「一年のうちでこの時期が最もつらい」幽霊は言いました。「なぜ私は人々の間をうつむいたまま歩き、かつて東方の三博士たちを神聖な馬屋へと導いた、あの祝福された星[‡21]を見上げなかったのか。その星の光が私を導いてゆく貧しい家々はなかったのだろうか」

スクルージは、幽霊がこんな調子で喋り続けるのを聞いてうろたえ、がたがたと震え始めました。

「私の言うことを聞け！」幽霊は叫びました。「残された時間は少ないのだ」

「聞くとも。だが、わしにつらく当たらないでくれ。もう少し普通の言葉で言ってくれ、ジェイコブ！　お願いだ！」

「私がどうやって目に見える姿でお前の前に現れたのかについては話すことができない。私は何日も姿を見られることなくお前のそばにいたのだ」

そうした考えはあまり気持ちのよいものではありませんでした。スクルージは身震いし、額から汗を拭《ぬぐ》いました。

「それは私に科せられた苦行のなかでも決して軽いものではなかった」幽霊は続けて言いました。「今夜私がここに来たのは、私がたどった運命をお前が避ける機会と望みをまだ持っているということを知らせるためだ。その機会と望みは私が得たものなのだ、エベニーザー」

「さすがはわしの友達。ありがたい！」

「お前はこれから三人の精霊の訪問を受けることになる」

瞬《また》く間にスクルージの表情が曇りました。

「それが、さっきあんたが言った機会と望みなのか、ジェイコブ」彼は、ためらいがちに尋ねました。

「そうだ」

「それなら、遠慮させてもらおうかな」

「彼らの訪問なしで」幽霊は言いました。「私が歩んだ道を避けることはできない。最初の訪問者は明日の夜、一時の鐘が鳴ったときに」

「三つ同時に引き受けて、一度で終わらせることはできないかな、ジェイコブ」スクルージはそれとなく提案してみました。

「二番目の訪問者はその次の夜、同じ時刻に。三番目の訪問者はそのまた次の夜、一二時の最後の鐘の音が鳴り終わったときに。私に会うことは二度とない。それから、お前のために言うが、私たちの間で交わされた言葉を忘れるな！」

幽霊はそう言って、テーブルのうえから包帯を取ると、以前そうしていたように、それで頭とあごを縛りました。スクルージにそれがわかったのは、あごが包帯によってもとの位置に戻ったとき、歯と歯が噛み合ってカチッという音がしたからです。彼が思いきって再び目を上げると、この超自然的な訪問者は、鎖を腕に巻きつけ、直立した姿勢で彼と向き合っていました。

幽霊は後ずさりをして、スクルージから離れていきました。幽霊が一歩下がるにつれ、後ろの窓は少しずつ開き、幽霊が窓のところまで来ると、窓は完全に開いていました。幽霊が手招きしたので、スクルージは近づいていきました。二歩の距離まで近づくと、幽霊は手を突き出して、それ以上近づかないように警告しました。スクルージは立ち止まりました。

スクルージは幽霊の警告に従ったというよりも、驚きと恐怖で立ち止まりました。幽霊が手を突き出すと同時に、窓の外からさまざまな声――とりとめのない悲嘆と後悔の声、物悲しい泣き声、自分を責める嘆き声など――が入り交じって聞こえてきたからです。幽霊は、この悲しみに満ちた哀歌を少しの間聞いたあとで、自らもそれに加わりました。そして、寒々とした夜の闇のなかに出ていったのです。

好奇心に駆られたスクルージは、幽霊を窓のところまで追いかけ、窓から外を見ました。大気は、あちらこちらを休みなくさまよい、嘆き悲しむたくさんの幽霊で満ちていました。どの幽霊もマーレイの幽霊のように鎖を身につけていました。何人かは（賄賂を受け取った政府関係者たちでしょうか）一緒に繋がれていました。鎖を身につけていない者は一人もいませんでした。多くは、生前スクルージの顔見知りだった者たちでした。とくに、足首に大きな鉄製の金庫が結びつけられている、白いチョッキを着た年寄りの幽霊とはよく知っていた間柄でした。彼は、玄関の戸口のところに座っている哀れな母親とその赤ん坊を見下ろし、二人を助けることができないと言って悲しそうに泣いていました。明らかに、すべての幽霊たちの不幸は、善いことのために人間と交わりたいのに、そうする力を永遠に失ってしまっているということにありました。

これらの存在が霧のなかに消えていったのか、それとも霧が彼らを包み込んだのか、スクルージにはわかりませんでした。しかし、彼らの姿と魂の声は同時に薄れていきました。

そして、スクルージが家路についたときと同じような静かな夜に戻りました。

スクルージは窓を閉めると、幽霊が入ってきた入り口のドアを調べました。ドアは、彼が自分の手でそうしたように、二重に錠が下ろされていて、誰かが錠を動かした形跡は見あたりませんでした。スクルージは「ばかばかしい！」と言おうとしましたが、最初のほうだけ言ってやめました。そして、スクルージは精神的な疲労からか、その日の疲れからか、普段は見えない世界を見たせいか、幽霊との陰鬱な会話のせいか、時間が遅かったからか、とにかく休みを必要としていました。彼はまっすぐにベッドに行くと、ガウンを着たまま、その場で眠り込んでしまいました。

STAVE

II

第一のクリスマスの精霊

THE FIRST OF THE THREE SPIRITS

スクルージが目を覚ますと、あたりはとても暗く、ベッドから部屋のなかを見ると、透明な窓と透明ではない壁の区別がつかないほどでした。フェレット[22]のような鋭い眼光で暗闇を見通そうとしたとき、近所の教会の時計が一五分の鐘を四回打ったので、彼は時間を確かめるために耳をすませました。

驚いたことに、大きくて低い鐘の音がいつもの六時を過ぎて七時、七時から八時、それから規則正しく一二時まで打ち、ようやく止まりました。一二時だって！　彼がベッドに入ったのは、二時過ぎでした。この教会の時計は狂っている。つららが機械に入り込んで誤作動を起こしたに違いない。一二時だって！

この非常識な時計の間違いを正すために、彼は自分のリピーター[23]のばねを押しました。小さな金属音が小刻みに一二時を打ち、止まりました。

「昼の間ずっと寝ていて、次の日の夜に目を覚ましたというのか」スクルージは言いました。「そんなことはありえない。まさか太陽がどうにかして、これが昼の一二時というのではないだろうな！」

その考えは不安を抱かせるものだったので、彼はベッドからはい出ると、窓のところまで手探りで進みました。外を見るためには、ガウンのそでで窓についた霜を拭《ぬぐ》い取らなければなりませんでした。しかし、そうしてもほとんど何も見えませんでした。彼にわかったのは、今でも非常に霧深く、とても寒く、物音一つしなかったということです。夜が昼間を打ち負かし、世界の支配者になってしまったのだとしたら、人々が走り回り、混乱して騒ぐ声が聞こえるはずですが、そうした音はまったく聞こえませんでした。スクルージはひとまず安心しました。なぜなら、数える日というものがなくなってしまったなら、「この第一手形一覧後三日以内に、エベニーザー・スクルージ氏またはその代理人に代金支払いのこと」云々と書かれた証券は、合衆国州債[‡24]と同じように価値のないものになってしまうだろうからです。

スクルージは再びベッドに戻ると、この問題について何度も繰り返し考えましたが、さっぱりわかりませんでした。考えれば考えるほどわからなくなりました。そして、もう考えまいと努力すればするほど、ますます考え込んでしまいました。マーレイの幽霊のことが気になって仕方ありませんでした。よくよく考えたあとで、あれはすべて夢だったのだと結論づけたとしても、彼の心はいつでも、まるで強力なバネのように最初の地点へと戻り、最初から解かなければならない同じ問題――「はたしてあれは夢だったのだろうか？」――にたどり着いたのです。

スクルージはこの状態をしばらく続けていましたが、教会の時計の鐘が四五分を告げたとき、不意に、一時の鐘とともに最初の訪問者が現れるという幽霊の予告を思い出しました。彼はその時刻まで起きていようと決心しました。いずれにしても眠りにつくことなど到底できなかったので、おそらくこれが彼ができるなかで最良の選択だったと言えるでしょう。

一五分間はとても長く、彼は、知らぬ間に居眠りして、時計の鐘を聞き漏らしてしまったのではないかと一度ならず考えました。しかし、ついに待ちに待った鐘の音が聞こえてきました。

「キンコーン！」

「一五分だ」スクルージは数えて言いました。

「カンコーン！」

「三〇分だ」

「キンコーン！」

「四五分だ」

「カンコーン！」

「正時だ」スクルージは勝ち誇ったように言いました。「そして、何も起こらない」

彼がそう言ったのは教会の時計が正時の時刻を告げる前でしたが、少し間を置いて、その時計は、低く、鈍く、虚《うつ》ろで、物憂い一時の鐘を打ちました。と同時に、まぶしい光が部屋のなかに現れ、ベッドのまわりのカーテンが開けられました。

そのカーテンは一つの手によって開けられました。足下のカーテンでもなければ、背中のカーテンでもなく、彼の顔が向けられていたほうのカーテンでした。そのカーテンが開けられ、ベッドから起き上がろうとしたスクルージは、半分横になった姿勢のまま、そのカーテンを開けた、この世のものではない訪問者と間近で——今私の精神があなたに話しかけているくらい間近で——対面しました。

それは奇妙な人物でした。子どものようでもあり、また老人のようでもあります。不可思議なもやのようなものを通して見ているせいで、その人物は視界から遠ざかって子どものような大きさにまで縮まって見えているのです。首から背中へと伸びた髪は、老齢のためか、真っ白でした。しかし、顔にはしわが一本もなく、肌には若々しいばら色の輝きがありました。腕は長く、筋肉が発達していました。手も同じで、非常に強い握力を持っているように見えました。優美できしゃな脚は、腕と同じようにむき出しになっていました。身につけていたのは真っ白なトゥニカ[‡25]でした。腰のまわりには、ぴかぴか光るベルトをつけ、その輝きは美しいものでした。手には新緑のヒイラギの枝を持っていましたが、その冬の象徴と不思議な対照をなすように衣服は夏の花で飾られていました。しかし、最も奇妙だったのは、頭の頂から明るく透明な光があふれ出ていたことで、その光によって体全体が照らし出されていたのです。その人物は、あまり活動していないときには、今は脇に抱えている大きなロウソク消しを帽子のようにして頭にかぶるに違いありません。

　しかし、スクルージが次第に落ち着いてその人物をよく見ると、さらに奇妙な点がありました。ベルトのいろいろな箇所がぴかっと光ったり、きらりと輝いたり、同じ箇所が一瞬明るくなったと思ったら次の瞬間には暗くなったりしたので、その人物の姿はよく見えたり、ほとんど見えなかったりしました。片腕だけになったり、片脚だけになったり、脚が二〇本あるように見えたり、両脚だけが見えて頭が見えなかったり、頭だけが見えて体が見えなかったり――暗闇のなかに溶暗してしまった部分の輪郭は、まったく見ることができませんでした。こうした様子を驚いて見ていると、また全身の姿がくっきりと明瞭に現れました。

「あなたが、わしのところに来ると予告されていた精霊さまですか」

「そうだよ！」

その声は穏やかで優しい声でした。不思議なことに、彼のすぐそばにいるというよりも、遠くで話しているかのような低い声でした。

「お名前はなんとおっしゃいますか」

「過去のクリスマスの精霊だよ」

「遠い昔の過去ですか」スクルージは、精霊の小人のような背丈を注意深く観察しながら尋ねました。

「ちがうよ。君の過去だよ」

なぜそうしたいと思ったのかと聞かれたとしても、おそらくスクルージは答えることが

できなかったでしょう。しかし、彼は精霊がロウソク消しのような帽子をかぶっているところが見たいという特別な願望を抱きました。そこで、彼は精霊にそうしてほしいと頼みました。

「何だって！」精霊は叫びました。「僕が君にあげた光を、不浄の手でそんなに早く消してしまおうと言うのかい？　君たち人間の利欲がこの帽子を作り、僕は何年もの間ずっとその帽子を深くかぶらされてきたのだから、もうじゅうぶんだろう！」

　スクルージは、うやうやしく、怒らせる意図はなかったこと、彼の人生において精霊の帽子を「押しつぶして目のうえにかぶせた」記憶はないことを説明しました。そして、彼は、失礼ながらどういったご用件でこちらに来られたのでしょうかと尋ねました。

「君の幸福のためさ！」精霊は言いました。

　スクルージは感謝の言葉を述べましたが、一晩の眠りを邪魔されないほうがよっぽどその目的にかなっていると考えずにはいられませんでした。精霊は彼の心の声を聞いていたに違いありません。即座にこう言い換えました。

「じゃあ、君の更生のためさ。さあ、準備はいいかい？」

精霊はそう言いながら力強い手を伸ばし、スクルージの腕を優しくつかみました。

「さあ、立ち上がって！　一緒に行くよ！」

天候も悪いし、時間も遅いし、外を出歩くのに適しているとは思えません、ベッドのなかは暖かくていい気持ちですが、温度計は氷点下を大きく下回っています、それに、わしはスリッパとガウンとナイトキャップという出で立ちなんですからね、おまけに風邪をひいていて体調もよくありません――とスクルージが抗弁しても無駄だったでしょう。女性の手のように優しくつかまれているだけでしたが、抵抗することはできなかったのです。スクルージは立ち上がりました。しかし、精霊が窓のほうに行くのを見て、彼は精霊の衣服を握りしめ、やめてくださいと懇願しました。

「わしは人間だ」スクルージは抗議しました。「落ちちゃう！」

「僕の手がそこに触れていれば」精霊は自分の手をスクルージの胸のうえに置いて言いました。「落ちる心配はないよ！」

精霊がそう言うと同時に、二人は壁を通り抜け、次の瞬間には牧草地が両側に広がる田舎道に立っていました。街は完全に姿を消していました。わずかな痕跡も見あたりませんでした。暗闇も霧も姿を消し、晴れた寒い冬の日になっていました。地面は雪で覆われています。

「これは驚いた！」スクルージは、あたりを見まわすと、両手を握りしめて言いました。「わしはここで育ったんだ。少年時代を過ごした場所だ！」

精霊は穏やかにスクルージを見つめていました。精霊の手はほんの一瞬軽くスクルージの胸に触れただけでしたが、スクルージはまだその優しい感触を感じていました。彼はその景色に漂っている無数の匂いに気づいていました。その一つひとつは、長い間忘れていたたくさんの思い、希望、喜び、不安と結びついていました。

「唇が震えているようだね」精霊は言いました。「君の頬に光るものは何だい？」

スクルージは珍しく声を詰まらせて、ただの吹き出物ですよ、とつぶやきました。そして、精霊にどこにでも連れて行ってくださいと頼みました。

「この道を覚えているかい？」

「覚えていますとも！」スクルージは熱を込めて叫びました。「目隠しをしても歩けるくらいだ」

「これほど長い間忘れていたなんて不思議だね」精霊は言いました。「さあ、行こう！」

彼らはその道を進んでいきました。スクルージは、すべての通用門、標柱《ひょうちゅう》、木々を覚えていました。しばらくすると、遠くに小さな市場町が見えてきました。橋や教会や蛇行する川も見えます。向こうから少年たちを背中に乗せた数頭の毛むくじゃらのポニーが速足でやってきました。その少年たちは、農夫たちが走らせる数台のギグ‡26や荷車に乗ったほかの少年たちに向かって呼びかけていました。気分が高揚した少年たちは互いに冗談を言い合っていましたが、やがて歌を歌ってその広い牧草地を陽気な音楽で満たしました。すがすがしい空気は、その音楽を聞いて笑っているかのようでした。

「これは過去に起こったことそのままの影だよ」精霊は言いました。「彼らには僕たちが見えないからね」

その快活で明るい旅行者たちがやってきました。彼らが目の前を通過したとき、スクルージは一人ひとりの名前を知っていて、声に出して言いました。スクルージは彼らを見て、なぜこれほど喜んだのでしょうか。彼らが通り過ぎるとき、なぜ彼の冷たかった目は輝き、心は浮き立ったのでしょうか。少年たちが四つ辻や脇道で友達と別れ、それぞれの家に帰っていくときに「クリスマスおめでとう」と言い合うのを聞いて、なぜ彼の心は喜びにあふれたのでしょうか。スクルージにとってクリスマスがいったい何だっていうのでしょう。クリスマスなんか祝ってなんになる！　クリスマスが彼に何をしてくれたというのでしょうか。

「学校に誰かいる」精霊が言いました。「一人の子どもが、友達からも取り残されて、まだそこにいる」

スクルージは、知っていると答えました。そして、彼はすすり泣きました。

彼らは本道を離れ、スクルージがよく覚えている小道へと入りました。すると、すぐに沈んだ色の赤煉瓦《れんが》造りの館《やかた》が見えてきました。屋根には風見鶏が載った小さな丸屋根の小塔があり、そのなかには鐘が吊るしてありました。それは大きな屋敷でしたが、破産者がかつて所有していたものでした。広々としたいくつもの部屋はほとんど使われておらず、外壁は湿っぽくコケで覆われ、窓はひび割れ、門戸は朽ち果てていました。馬小屋では鶏たちがコッコと鳴きながらわが物顔で歩き回り、馬車置場や納屋《なや》は草で覆われていました。建物の内側も、昔の状態を留めていませんでした。うら寂しい玄関ホールを入って、開いたドア越しに見ると、多くの部屋には家具がほとんどなく、ただ寒々とした空間が広がっていました。空気には土の匂いが漂い、その場所には寒々しい人気《ひとけ》のなさが染みついていました。それらは、どういうわけか、たくさんのロウソクの明かりで飾りながら、食べるものがあまりない食卓を連想させました。

精霊とスクルージは玄関ホールを横切って、館の後方にある部屋のドアの前まで来ました。そのドアは開いており、細長く、がらんとした、陰気な部屋が見えました。そこには簡素なモミ材の机と椅子が幾列も置かれ、さらに寒々とした雰囲気を醸《かも》し出していました。椅子の一つに座って、小さな火のそばで一人の孤独な少年が本を読んでいました。スクルージは別の椅子に座ると、このかわいそうな少年——すっかり忘れていた、かつての自分自身の姿——を見て涙しました。

館のなかで何かが反響する音、ネズミが羽目板のうしろでチューチュー鳴いて走り回る音、薄暗い裏庭の水口から凍った水が解け出してしずくとなって落ちる音、一本の寂しいポプラの木の落葉した枝が風にそよぐ音、空っぽの倉庫の扉が風でいたずらに開閉する音、暖炉の火がパチパチと燃える音——これらの音すべてがスクルージの心に届き、彼の気持ちを和らげました。そして、彼の涙腺をさらに緩めたのです。

　精霊はスクルージの腕にふれ、読書に夢中になっている少年の彼を指差しました。すると、突然、異国の服を着た一人の男が、素晴らしくリアルで、はっきりとした姿で窓の外に現れました。ベルトには斧を差し、薪を背負ったロバの手綱《たづな》を引いています。

「やあ、あれはアリ・ババ‡[27]だ!」スクルージは夢中になって叫びました。「真面目で働き者のアリ・ババだ! そうだとも、思い出した! あるクリスマスの日、あの孤独な少年がここに独りぼっちでいたときに、初めてあんなふうに彼がやってきたんだ。かわいそうに! ヴァレンタインと、彼の弟で野生児のオーソン‡[28]がやってきたぞ。それからあんなふうにズボン下一枚で、眠ったままダマスカスの町の城門の外に置き去りにされたあの男‡[29]の名前は何だったかな。スルタンの馬丁《ばてい》が魔神たちによって逆さまにされている! いい気味だ。大臣の娘と結婚することなどできるものか」

　スクルージが、こうした話題について泣いたり笑ったりしながら大真面目に語っているのを聞いたなら、そして彼の高揚し興奮した表情を見たなら、ロンドンのシティにいる彼の仕事仲間たちはきっと驚いたことでしょう。

「オウムだ！」スクルージは叫びました。「緑の体に黄色いしっぽ、頭のてっぺんにレタスの葉っぱのようなものを生やしたあいつだ。ロビンソン・クルーソーが島を小舟でぐるりと一周して家に帰ってみると、『かわいそうなロビン・クルーソー、どこに行っていたの、ロビン・クルーソー』とやつは言ったんだ。クルーソーは夢を見ているのかもしれないと思ったが、そうではなかった。オウムだったんだ。フライデー[‡30]が命からがら小さな入り江へと逃げていく。おーい、がんばれ、おーい！」

それから、彼は、珍しく急に声の調子を変え、少年の自分自身を憐れんで「かわいそうに！」と言ってから、再び泣きました。

「残念なことをした」スクルージは、そで口で涙を拭いたあとで、片手をポケットのなかに入れ、あたりを見まわしながらつぶやきました。「でも、もう手遅れだ」

「どうしたの」

「いいえ、何でもありません。昨夜、事務所のドア越しにクリスマス・キャロルを歌っていた男の子がいて、その子に何かあげたらよかったと思っただけです」

精霊は思いやり深く微笑み、手を振りながら、「別のクリスマスを見てみよう！」と言いました。

その言葉に反応するかのように、少年のスクルージは成長しました。部屋はより薄暗く、より汚くなりました。羽目板は縮み、窓にはひびが入りました。天井の石膏は所々はがれ落ち、下地の木摺《きず》りが見えました。こうした変化がどのようにしてもたらされたのかスクルージにも誰にもわかりませんでした。しかし、彼は、確かにこのとおりだったということ、これはすべて実際に起こったことで、ほかの少年たちが楽しいクリスマス休暇を過ごすために家に帰ってしまったあと、自分は再びこうして一人で学校に取り残されていたということだけは知っていました。

少年のスクルージは読書をするのではなく、絶望的な気持ちで部屋を行ったり来たりしていました。スクルージは精霊を見て、悲しそうに首を振ると、ドアの方に心配そうな視線を向けました。

そのドアが開き、一人の少女が勢いよく入ってきました。少年のスクルージより年齢はずっと下です。彼女は両腕を少年の首に回すと、何度もキスをしながら、「大好きなお兄ちゃん」と呼びかけました。

「大好きなお兄ちゃんを、おうちに連れて帰るために来たのよ」その子は、ちっちゃな手をたたき、おなかを抱えて笑いながら言いました。「おうちよ、おうち、おうちに帰るのよ！」

「お家だって、ファン？」少年は答えました。

「そうよ！」少女は喜びにあふれて言いました。「おうちよ、これからずっと。おうちよ、いつまでも。お父さんは、前とくらべてずっと優しくなったから、おうちは天国みたいよ！　この前の夜、私がおやすみを言いにいったとき、お父さんはとても優しく話してくれたの。お兄ちゃんがおうちに帰ってきていいか、もう一度聞くの怖くなかったわ。そして、お父さんは、そうだね、そうするべきだね、と言ったのよ。それで、お兄ちゃんをつれて帰るために私を馬車でよこしたというわけ。お兄ちゃんは一人前の男になるのよ！」少女は目を輝かせて言いました。「ここにはもう戻ってくることはないわ。だけど、まずクリスマスの間じゅう一緒にいて、最高にしあわせなときを過ごすの」

「大人の女性になったね、小さなファン」少年は叫びました。

彼女は手をたたいて笑い、兄の頭に触れようとしました。しかし、手が届かなかったので、再び笑い、つま先立ちをして兄を抱きしめました。それから、彼女は子どもらしく無邪気に兄をドアのところまでひっぱっていきました。彼は気が進まない理由は何もなかったので、彼女について行きました。

玄関ホールでは「スクルージ坊っちゃんの荷物をここに運ぶんだ」という恐ろしい声が聞こえ、そこには、その声の持ち主である校長先生がいました。彼は、恐ろしく慇懃《いんぎん》な態度でスクルージ坊っちゃんをにらみつけると、握手を申し出てスクルージ坊っちゃんを恐怖に落とし入れました。それから、この教師は、兄と妹を、まったく古井戸と言っていいような底冷えのする来客用応接室に連れて行きました。壁にかけた地図、窓辺に置かれた天球儀と地球儀はロウで覆われたように寒さで白くなっていました。彼はデカンターに入った奇妙なほど軽いワインと一塊の奇妙なほど重たいケーキを取り出すと、このごちそうを取り分け、若い二人に与えました。外で待っている御者にもグラス一杯の「お飲み物」を提供しようと、やせた使用人を使いに行かせましたが、御者はその使用人に、それはありがたいお申し出だが、以前頂いたものと同じものなら結構です、と答えました。そうこうしているうちに、スクルージ坊っちゃんのトランクは一頭立て軽装二輪馬車の屋根のうえに結わえつけられたので、子どもたちは校長先生にいそいそと「さようなら」を言い、馬車に乗り込みました。馬車が軽快に馬車回しを進むと、勢いよく回転した車輪は深緑の葉のうえの白霜《しろしも》と雪をしぶきのようにはね飛ばしました。

「体の弱い子だった。少しの冷たい風で寝込んでしまうような」精霊は言いました。「だけど、心は大きな子だった」

「本当にそうでした」スクルージは叫びました。「そのとおりです。否定しませんよ、精霊さま。そんなことは決してしませんとも！」

「彼女は成人してから亡くなった。確か、何人か子どもがいたはずだね」

「一人です」

「そのとおり」精霊は言いました。「君の甥っ子さ！」

スクルージは落ち着かない様子で、簡単にただ「そうです」と答えました。

今しがた学校をあとにしたばかりだというのに、彼らは次の瞬間にはロンドンのにぎやかな大通りの真ん中に立っていました。そこでは影のような通行人が多く行きかい、影のような荷馬車や大型四輪馬車が先を争うように走っていました。そこには、本物の街のにぎわいと喧噪《けんそう》がありました。店のウィンドウの飾りから、ここでも、今がクリスマスの季節であるということはすぐにわかりました。時刻は日暮れを過ぎ、街灯には明かりが灯っていました。

精霊は、ある商店のドアの前で立ち止まると、この場所を知っているか尋ねました。

「知るも知らないも、わしはここで徒弟として働いてたんだ!」

彼らはなかに入りました。毛糸の帽子をかぶった老紳士――とても背の高い机を前にして座っていたので、もう五センチ高ければ、頭を天井にぶつけてしまうのではないかと思われるほどでしたが――この老紳士を見てスクルージは嬉しくなって叫びました。

「これはこれは、フェジウィッグ爺さんじゃないか。ありがたい。フェジウィッグが生き返ったぞ!」

フェジウィッグ爺さんは、ペンを置くと、時計を見ました。時計の針は七時を指していました。彼は嬉しそうに両手を擦り合わせ、ずり上がった大きなチョッキを定位置に戻すと、足の先から額のてっぺん‡[31]まで全身で笑いながら、心地よく、滑《なめ》らかで、曇りのない、太い、陽気な声で叫びました。

「おーい、君たち！　エベニーザー！　ディック！」

昔の自分の姿――青年へと成長したスクルージ――が、徒弟仲間に伴われて、やってきました。

「おや、あれはディック・ウィルキンズですよ！」スクルージは精霊に向かって言いました。「なつかしいなあ。わしによくなついてくれていたよなあ、ディックは！　今は亡き、かわいそうなディック」

「さあさあ、息子たち！」フェジウィッグは言いました。「今夜はもう仕事はなしだ。クリスマス・イブだよ、ディック。クリスマスだよ、エベニーザー！　一、二、三でシャッターを閉めよう！」フェジウィッグは手をたたいて叫びました。

この二人の徒弟の俊敏さといったらありませんでした。一、二、三――シャッターを持って表に飛び出て――四、五、六――所定の位置にはめ込んで――七、八、九――かんぬきと留め釘をさし――十二まで数え終わらないうちに、競走馬のように息を切らして再びもとの場所に戻ってきました。

「さあさあ！」フェジウィッグ爺さんは、背の高い机の背後から素晴らしい身軽さで飛び降りて言いました。「片付けるんだよ、お前たち、そして広い空間を作り出すんだ！　さあ、ディック！　始めよう、エベニーザー！」

片付けろ、片付けろ！　フェジウィッグ爺さんの指図があれば、何でも片付けようという気になるし、何でも片付けられてしまいます。あっという間でした。動かせる家具はすべて、永久にこの世から姿を消したとでもいうように見えなくなりました。床を掃き、水を撒き、ランプの芯を切りそろえ、暖炉には石炭がくべられました。すると、どうでしょう。その店は、あなたが冬の夜に見てみたいと思うような、居心地がよくて、暖かくて、清潔で、明るい、見事な舞踏室になったのです。

フィドル弾きが楽譜を持ってやってきました。先ほどの背の高い机の背後に登ると、そこをオーケストラ席にして、五〇人の腹痛のうめき声よろしく調律を始めました。フェジウィッグ夫人がやってきました。体全体が一つの大きな笑顔のようです。三人のフェジウィッグのお嬢さんがやってきました。美しく輝いています。そのあとから六人の求愛者たちがやってきました。身を焦がし、夜も眠れません。その店で働く、すべての若い男女がやってきました。女中が、いとこだと言ってパン屋をつれてきました。まかないの女性が、兄の親友だと言って牛乳屋をつれてきました。道の向こうから見習いの少年がやってきました。親方からじゅうぶんな食事を与えられていないという噂でした。一軒おいて隣の店で働く少女の陰に隠れています。その少女はおかみさんから耳を引っ張られているところを何度か目撃されていました。みんなが次々にやってきました。あるものは恥ずかしそうに、あるものは堂々と、あるものはしとやかに、あるものはぎこちなく、あるものは押したり、あるものは引っぱったり、みんながどうにかこうにかしてやってきました。さあ、踊りが始まりました。みんなで二〇組のカップルになって踊ります。先頭のカップルが手に手を取って半分回ってから、斜めに進みます。それを繰り返して部屋の中央まで行って、また戻ってきます。その過程で、いろいろな人と素敵な組み合わせを作ってくるくると回ります。先頭のカップルはいつでも進む方向、踊る相手を間違えてばかり。次に先頭になったカップルは位置につくと、すぐさま踊り始めます。そうこうしているうちに、先頭のカップルの役回りが一巡して最初に戻ってきました。これを見ると、フェジウィッグ爺さんは手をたたいて踊りをやめるように言い、「お見事！」と叫びました。すると、フィドル弾きは、彼のために特別に用意されたポーター‡[32]のジョッキのなかに、ほてった顔を突っ込みました。しかし、彼は休むことを断固拒否して再び登壇すると、まだ踊り手がいないにもかかわらず、さっそく演奏を始めました。その様子はまるで、疲れ果てた前のフィドル弾きがシャッターの担架に乗せられて運び出されてしまったあとで、別の新しいフィドル弾きが前任者を打ち負かしてやろうと躍起《やっき》になっているかのようでした。

それから、さらに踊りがあり、罰金遊び‡33があり、また踊りがあり、今度はケーキを食べ、ニーガス酒‡34を飲み、ローストビーフを食べ、茹で豚を食べ、ミンスパイ‡35を頂いてから、ビールも飲みました。しかし、なんと言っても、その夜の最大の見ものは、ローストビーフと茹で豚を食べたあとで、フィドル弾きが「サー・ロジャー・ド・カヴァリー」‡36を演奏し始めてからでした（彼は人から言われるまでもなく、自分の役どころをちゃんと心得て、きちんと役割を果たす男です！）。フェジウィッグ爺さんは、フェジウィッグ夫人と踊るために前に進み出ました。リード役の先頭のカップルです。この踊りは彼らにはうってつけの難しい踊りです。二三組か四組のカップルがあとに続きます。彼らも侮れない人たちです。いつでも本気で踊る人たちです。歩くなんて考えたこともありません。

けれども、彼らが倍の数、いやいや四倍の数になっても、フェジウィッグ爺さんにはかないません。それからフェジウィッグ夫人にも。彼女は、あらゆる意味においてフェジウィッグ爺さんのパートナーにふさわしい人物でした。もっとよい褒め言葉があれば、教えてください、使いますから。フェジウィッグの両ふくらはぎからは、実際に光が出ているように見えました。ダンスの間じゅう、月のように輝くのです。フェジウィッグの両足が次の瞬間にどうなるかなんて、わかりっこありません。フェジウィッグ爺さんとフェジウィッグ夫人が順番に前に進み出て、また戻ります。相手をくるりと回したり、お辞儀をしたりしたあとで、二人は列を縫って後ろのほうに進みます。両手でアーチを作ったり、そのアーチをくぐったりして、再び二列になって向き合います。こうした一連の踊りが終わったとき、フェジウィッグは空中で両足を見事に交差させました。あまりにも見事だったので、両足でウィンクをしたように見えたほどです。そして、よろめくことなくしっかりと着地しました。

時計が一一時を打つと、この家庭的な舞踏会はお開きになりました。フェジウィッグ夫妻は出口の両脇に立ち、一人ひとりと握手して見送りながら、クリスマスおめでとう、と

言いました。最後に二人の徒弟が残ると、彼らにも同じようにしました。こうして陽気な笑い声が次第に消えていくと、二人の若者は店の奥のカウンターの下にある自分たちの寝床に入りました。

この間じゅう、ずっとスクルージは正気を失った人のように振る舞っていました。彼はこの場面に没入し、以前の自分と一体になっていました。すべてはこのとおりだったと確証し、すべてを思い出し、すべてを楽しみました。彼はこれまで味わったことがないような胸の高まりを感じました。昔の自分とディックの明るい顔が見えなくなるまで、彼は精霊の存在を忘れていました。ようやく彼は、精霊が自分をしっかりと見つめていること、精霊の頭の光が明るく輝いていることに気がつきました。

「単純な人たちを感謝で一杯にするのは簡単なことだね」精霊が言いました。

「簡単なことだって！」スクルージは精霊の言葉を繰り返しました。

精霊は二人の徒弟の話を聞くようにスクルージに合図しました。二人はフェジウィッグの素晴らしさについて熱心に語り合っていました。スクルージがそれを聞いたあとで、精霊は言いました。

「違うのかい？　彼はこの世のお金を一、二ポンド使っただけだよ。三、四ポンドかな。それが、あれほどの賞賛に値するかしら」

「そうじゃない」スクルージは熱くなって、知らないうちに若いころの自分に戻って言いました。「そうじゃないんです、精霊さま。彼はわしらを幸せにも不幸せにもする力を持っているんですよ。わしらの仕事を楽しみにも苦痛にも、喜びにも苦しみにも変えられる力を持っているんです。彼のそういう力が、言葉や表情といった、ほんの些細《ささい》なことのなかにあって、目に見える形で足したり合算したりすることができないとしても、それが何だって言うんです。彼がわしらに与えてくれる幸福には千金の価値があるんですから」

彼は精霊の視線を感じて、話すのをやめました。

「どうしたの」精霊は尋ねました。

「いいえ、別に……」

「何かある、でしょ」精霊は繰り返し尋ねました。

「いいえ、ただ、ちょっと、その、うちの事務員にひとことふたこと言ってやりたくて。ただそれだけです」

昔の自分が祈りの言葉を口にしてランプの火を消すと、スクルージと精霊は再び並んで店の外に立っていました。

「僕の時間も少なくなってきたよ」精霊が言いました。「急げ！」

精霊はスクルージやほかの誰かに向かってそう言ったのではありませんでしたが、その言葉の効果はすぐに現れました。というのも、スクルージは再び過去の自分自身を目にしていたからです。彼は年齢を重ね、三〇歳くらいになっていました。顔にはまだのちの厳しい、硬直したしわは刻まれていませんでしたが、その表情には心労と金銭欲に取り憑《つ》かれた兆しが表れ始めていました。目は、しきりに、貪欲に、落ち着きなく動いていました。その目のなかでは、すでに利欲が根を張り、その木が大きく成長して将来暗い影を落とすことは確実だと思われました。

彼は一人ではありませんでした。そばには喪服を着た美しい若い女性が座っています。彼女の目には涙が溜まっていました。その涙は過去のクリスマスの精霊の光を受けて、きらきらと輝きました。

「たいした問題ではないのでしょう」彼女は穏やかに言いました。「あなたにとっては。

別の偶像が私に取って代わったんですもの。もしそれがこれから先、私の代わりになってあなたに喜びと慰めを与えるのなら、私が悲しむべき理由はありません」

「何の偶像が君に取って代わったって？」

「黄金の偶像よ」

「まったくこれが世の中の公平なやり方というものさ！　貧しい者に一番過酷な世の中でありながら、富の追求ほど厳しく非難されるものはないんだからね」

「あなたは世間を恐れすぎているわ」彼女は優しく答えました。「世間の卑しむべき非難から逃れるために、あなたはほかのすべての希望を犠牲にしてしまった。私は、あなたの高い志が少しずつ失われていって、あなたがお金儲けの虜《とりこ》になっていくのを、これまで見てきたのではなかったかしら」

「だから何なんだ」彼は言い返しました。「僕がそれだけ大人になったのだとしても、それが何だって言うんだ。君に対しては変わっちゃいないよ」

彼女は首を横に振りました。

「変わったと言うのかい？」

「私たちの結婚の約束は古いものよ。それは、私たちが二人とも貧しく、それに満足していたときに結んだものだわ。私たちは真面目にこつこつ働いて、そのうち少しずつ生活をよくしていくつもりだった。だけど、あなたは変わったわ。この世の富を得て、あなたは別人になってしまった」

「僕は子どもだったのさ」彼はイライラしたように言いました。

「あなた自身の心が、昔のあなたは今のあなたとは違っていたと言っているのね。私は変わっていないわ。私たちの心が一つだったとき、幸せを約束していたものは、今では不幸に満ちているわ。私たちの心が二つになってしまったから。私がどれだけ長い間、真剣にこの問題を考えてきたか、話しても無駄でしょうね。だから、結論だけ言うわ。お別れしましょう」

「僕が婚約を解消しようと言ったことが今までにあるかい」

「言葉では、ないわ。一度も」

「じゃあ、何だったらあるんだい」

「性格が変わってしまったこと、心が変化してしまったことでよ。違う人生を歩み始めてしまったこと、別の望みを求め始めてしまったことでよ。私の愛をあなたにとって価値あるものにしていたすべてのものが失われてしまったことによってよ」彼女は優しい目で、しっかりと彼を見据えて言いました。「これまでのことをすべてご破算にして、新しく出会い直すとしたら、またもう一度私に求婚してくれるかしら。答えは、ノーね」

彼は、この仮定の正しさを思わず認めてしまいそうになりましたが、何とか努力して「君は僕が求婚するとは思っていないんだね」と言いました。

「できることなら、そう思いたいわ」彼女は答えました。「本当よ！　だけど私は真実を知ってしまったし、自分自身を騙《だま》し続けることはできないわ。もしあなたが昨日、今日、明日、自由になったとしたら、持参金もない女性を選ぶなんて、私が信じられると思う？　二人きりでいるときでも、すべてをお金儲けで判断するあなたなのよ。一瞬でもあなたが信念に逆らってそんな女性を選んだとすれば、そのあとであなたの後悔が続くことを、私が知らないとでも思うの？　知っているわ。だから、あなたを自由にしてあげる。あなたのために。あなたを愛していたから」

彼は何かを言いかけました。しかし、彼女は彼から顔を背けると、こう続けました。

「もしかしたら――そう信じたいところだけど――この別れに少しでも悲しみを感じてくれるかもしれないわね。でも、ほんのわずかな間だけよ。そしてあなたは喜んで私たちの思い出を永遠に捨て去ってしまうでしょう。何の利益ももたらさない夢として。そして、目覚めてよかったと思うのよ。あなたの選んだ人生が、あなたにとって幸福な人生となるよう祈っているわ！」

彼女は彼のもとを去り、二人は別れました。

「精霊さま！」スクルージは言いました。「これ以上見たくありません。家に連れて帰ってください。どうしてわしを苦しめるのですか！」

「もう一つの影を見るんだ！」精霊は叫びました。

「いいえ、たくさんです！」スクルージは叫びました。「もう見たくない。やめてくれ！」しかし、精霊は無慈悲にもスクルージの両腕をつかむと、彼に次に起こったことを見せました。

彼らは別の場面、別の場所――とある部屋のなかにいました。それは大きな部屋でも立派な部屋でもありませんでしたが、とても居心地のよさそうな部屋でした。冬の暖炉のそばには、美しい若い女性が座っていました。あまりによく似ていたので、スクルージは先ほどの彼女と同一人物だと思っていたのですが、よく見ると、彼女はその娘で、その向かい側に座っている上品な年配の女性が先ほどの彼女でした。しかし、その部屋の騒々しさといったらありませんでした。そこには動揺したスクルージが正確に数えることができないほどの子どもたちがいたからです。しかも、この子どもたちは、詩に詠われた有名な牛の群れ‡[37]のように四〇頭が一頭のように振る舞うのではなく、一人が四〇人のように振る舞ったのですから、その騒々しさたるや信じられないほどでした。しかし誰もそんなことは気にしていませんでした。それどころか、母親と娘は心から笑い、その様子を楽しんでいました。まもなく娘はその輪に加わり、容赦ない若い山賊たちの襲撃を受けました。ああ、彼らの一人になれるのなら、何だって差し出すのに！　と言っても、彼らのように乱暴なことはできませんけどね。あんなふうに編んだ髪を解《ほど》いて、長い髪をおろしてしまうなんて！　あの小さな靴を略奪して脱がしてしまうなんてことが、どうしてできるでしょう！　まるでウェストのサイズを測るみたいに、ふざけて両腕を腰に回すしぐさなんて絶対にできません。大胆な子どもたちはそれを実際にやってのけましたけどね。そんなことをすれば、そのまま成長して、腕がもとに戻らなくなるお仕置きを覚悟しなければなりません。それでも、もう一度子どもに戻って、彼女の唇に触れたり、質問して口を開かせたり、彼女を恥ずかしがらせることなく、うつむいたまつげを見つめたり、波打つ髪（その一インチの房《ふさ》は値がつけられないほど貴重な記念品となることでしょう）を解いたりしてみたい――要するに、自由気ままに振る舞うことが許されている子どもでありながら、なおかつそうしたものの価値をじゅうぶん知っている大人でありたいと願ったことは、紛れもない事実です。

しかし、玄関にノックの音が聞こえると、みんなは一斉に駆け出しました。彼女は笑って、ドレスを奪われたまま、興奮して騒いでいる子どもたちの中心になってドアまで運ばれて行き、ちょうどよいタイミングで父親を迎え入れました。父親はクリスマスのおもちゃやプレゼントを抱えた運搬人を伴って家に帰り着いたところでした。それからの歓声、奪い合い、無防備な運搬人に対しておこなわれた猛襲といったらありませんでした。椅子をハシゴ代わりにしてよじ上ったり、ポケットのなかに手を突っ込んだり、ハトロン紙で包まれた小包を強奪したり、ネクタイにぶら下がったり、首に抱きついたり、背中をたたいたり、脚を蹴ったり――もちろん抑えきれない愛情からそうするわけですが――それはもう大変な騒ぎでした！　すべての包みが驚きと喜びの叫び声とともに開けられました。赤ん坊が人形用のフライパンを口に入れかけているところを止められたという恐ろしい知らせがあり、木の皿にくっついていたおもちゃの七面鳥を飲み込んだかもしれないという疑いが強まりました。これが間違いだったことがわかり、一同はほっと胸をなでおろしました。それからあとも言葉で言い表せないほどの喜びと感謝と至福の時間が流れました。それらをじゅうぶん堪能すると、子どもたちは幸せな気持ちを抱いたまま三々五々居間から出て行き、階段を一段ずつ上って最上階の寝室までたどり着きました。そして、彼らはベッドに入り、静かな眠りにつきました。

スクルージは、この家の主《あるじ》が自分の肩に愛情深く寄りかかる娘と、その母親とともに暖炉のそばに座っている様子を、これまで以上に注意深く見つめていました。スクルージは、こんなにも美しく若さにあふれた娘が自分のことを「お父さん」と呼び、自分の人生の厳しい冬の時期に春をもたらしてくれる存在となっていたかもしれないと考えて、涙で目がかすみました。

「ベル」夫は妻のほうを向いて微笑んで言いました。「今日の午後、君の昔の友達を見かけたよ」

「誰かしら」

「当ててごらん」

「そんなの無理よ。わからないわ」彼につられて笑いながら、彼女はすぐに付け加えました。「スクルージさんね」

「そうだよ、スクルージさんだ。彼の事務所の前を通ったんだ。窓のよろい戸が開いていて、ロウソクも灯っていたので自然となかが見えたんだ。共同経営者は死の床についているらしい。彼は一人で事務所にいた。まさに天涯孤独といった様子だったよ」

「精霊さま！」スクルージは声を詰まらせながら言いました。「ここから連れ出してください」

「僕は言ったはずだよ。僕と一緒に見るのは、過去に起こったことそのままの影だって。これは君がやったことで、僕のせいじゃないからね！」

「連れ出してくれ！」スクルージは叫びました。「堪えられない！」

彼は精霊のほうに向き直りました。彼は、精霊が不思議な表情で彼を見ていることに気がつきました。その顔にはどういうわけか、これまで精霊が彼に見せてきたすべての人たちの顔が幾重にも重なり合って浮かんでいたのです。彼は精霊と揉み合いになりました。

「一人にしてくれ！　連れ戻してくれ。もう出てこないでくれ！」

精霊との揉み合いの最中に――それを揉み合いと呼ぶことができればの話ですが、というのも精霊はまったく何の抵抗もしなければ、相手のどんな攻撃にもびくともしなかったので――スクルージは、精霊の頭の頂の光が高く明るく燃えていることに気がつきました。彼はその光が自分に対して強く作用していると漠然と感じて、ロウソク消しの帽子をつかむと、いきなりそれを頭のうえからかぶせてぐいと押しました。

精霊の姿はロウソク消しの下で崩れ落ち、それが体全体をすっぽりと覆いました。しかし、スクルージがどんなに力を込めてロウソク消しを押し下げても、その光を隠すことはできませんでした。光はロウソク消しの下から床のうえに、止めどなくあふれ出しました。

スクルージは自分がひどく疲れていて、抵抗できない眠気に襲われていること、さらに自分が寝室にいることに気づきました。彼は最後にもう一度ぐっと帽子を押さえ込んで、手を離すと、よろめきながらベッドのほうに向かいました。そして、そこにたどり着くかどうか着かないかのうちに、彼は深い眠りへと落ちていったのです。

STAVE

III

第二のクリスマスの精霊

THE SECOND OF THE THREE SPIRITS

スクルージは大きないびきの途中で目を覚ますと、考えをまとめるためにベッドのうえに身を起こして座りました。再び一時の鐘が鳴るところだということは言われるまでもなくわかっていました。彼は、ちょうどよいときに目覚めたと感じていました。彼には、ジェイコブ・マーレイの仲介によって彼のもとに派遣される二番目の使者と会談する心の準備ができていました。しかし、今回の新しい精霊はどのカーテンを開けるのだろうと考えると、背筋が寒くなってきたので、あらかじめすべてのカーテンを自分の手で開けることにしました。彼は再びベッドに横になると、ベッドのまわり全体をくまなく見張りました。彼は精霊が現れた瞬間に誰何《すいか》したい、不意をつかれて平常心を失うことは避けたいと思っていました。

自分が世慣れていることを自慢する遊び人タイプの男たちは、投げ銭遊び‡[38]から殺人事件まで、どんな幅広い冒険にもうまく対応できると表明することがありますが、その両極の間には疑いもなく、かなり幅広い多くの事象が想定されています。スクルージのためにこれほど大胆な言い方をするつもりはありませんが、彼はいろいろな奇妙なものの出現に対して心づもりをしていたということ、赤ん坊からサイまで、何が現れたとしても大して彼を驚かせることはなかっただろうということは、ぜひ信じていただきたいと思います。

さて、ほとんど何が現れても驚かないくらいの準備はできていましたが、何も現れないということに対してはまったく準備ができていませんでした。その結果として、一時の鐘が鳴り、何も現れなかったとき、彼は恐ろしくなってガタガタと震え始めました。五分たち、一〇分たち、一五分たっても何も出てきませんでした。この間じゅう、ずっと彼はベッドで横になっていました。彼は赤みを帯びた強い光の真ん中にいました。その光は時計が一時を告げた瞬間からベッドのうえに注がれていました。それはただの光だったので、一ダース分の幽霊よりも不安を抱かせるものでした。彼には、それが何を意味していて、その目的は何か、まったく理解することができなかったからです。彼は今まさに自分が――それを知るという慰めもなく――「自然発火現象」‡39の興味深い実例になっているのではないかと何度も不安になりました。しかし、ついに彼は、私たちなら最初にそうしたであろうように――というのも、何をすべきかを考え、それを実行に移せるのは、いつでも、苦境に立たされていない当事者以外の人物だからです――こう考え始めました。この幽霊のような光の源と秘密は、隣の部屋にあるのかもしれない、と。光源をたどってみると、確かに隣室からあふれ出ているように見えました。この考えが彼の心を完全に捉えたので、彼はゆっくりと起き上がり、スリッパを履くと、隣室のドアのところまですり足で歩きました。

スクルージがドアの取っ手に手をかけた瞬間、聞き慣れない声が彼の名前を呼び、彼に入るように言いました。彼はその言葉に従いました。

それはスクルージ自身の部屋でした。間違いありません。しかし、その部屋は驚くほど様子が変わっていました。壁と天井は常緑樹で覆われ、小さな森となっていました。その森のあちこちではピカピカのベリーが艶《つや》やかに光っていました。ヒイラギとヤドリギとツタの葉は、まるであちこちに置かれた鏡のように光を照り返していました。スクルージのときにもマーレイのときにも、それ以前にもずっと石のように冷えきっていた暖炉がこれまでに経験したこともないような大きな火が、轟々《ごうごう》と煙突に向かって燃え上がっていました。まるで玉座を形作るように床のうえに積み上げられていたのは、七面鳥、ガチョウ、野ウサギの肉、鶏肉、塩漬けの豚肉、大きな牛肉の塊、子豚、長いソーセージの輪、ミンスパイ、クリスマス・プディング、樽入りの牡蠣《かき》、真っ赤に焼けた栗、サクランボ色の頬

第二のクリスマスの精霊

をしたリンゴ、果汁たっぷりのオレンジ、甘い香りのナシ、巨大な十二夜ケーキ‡[40]、ボウルに入った熱いポンチ酒でした。部屋にはそのポンチ酒の香りのよい湯気が立ちこめていました。この玉座のうえに腰かけていたのは、見るも輝かしい一人の巨人でした。彼は豊穣の角‡[41]の形をした光り輝くたいまつを手に持っていました。彼がこのたいまつを高く掲げると、その光は、ドアのところで恐る恐る部屋のなかを覗き込んでいたスクルージのうえに降りそそぎました。

「入るんだ!」精霊は叫びました。「入っておいで! 私のことをもっとよく知るのだ」

スクルージはおずおずとその部屋に入ると、精霊の前で頭《こうべ》を垂れました。彼はもはやかつての強情なスクルージではありませんでした。精霊は澄んで優しい目をしていたのですが、彼には目を合わせるだけの勇気がなかったのです。

「私は現在のクリスマスの精霊だ。よく見るがよい!」

スクルージは言われたとおりにしました。精霊は白い毛皮で縁取りをした深緑のローブを身につけていました。この衣服は精霊の体をゆったりと覆っていて、まるでどんな小細工も軽蔑しているかのように、胸の部分は大きくはだけていました。衣服の大きなひだの下に見える両足も裸足でした。頭のうえには、きらきら光るつららのような飾りを施したヒイラギの輪が載っていました。焦げ茶色の巻き毛の髪は長く、伸び放題になっていました。その自由なさまは、柔和な顔にも、輝く瞳にも、広げた手にも、陽気な声にも、のびのびとした態度にも、嬉しそうな様子にも表れていました。腰には古風な鞘《さや》を身につけていました。平和の象徴たるべく剣はなく、古びた鞘もさびついていました。

「私のようなものに以前出会ったことはなかったかね！」精霊は大声で言いました。

「ありません」

「私の若いほうの家族のものたちと出歩いたことは一度もなかったかね。つまり、ここ数年間か数十年間に生まれた私の兄たちと一緒にということだが。というのも、私が一番若いのだ」

「なかった、と思います」スクルージが言いました。「ご兄弟が多いのですか、精霊さま」

「一八〇〇人は優に越える」

「そんな大家族ではさぞかし食費が大変でしょう！」スクルージは思わずつぶやきました。

現在のクリスマスの精霊は立ち上がりました。

「精霊さま」スクルージは従順におとなしく言いました。「わしをどこにでも連れて行ってください。昨夜はいやいや出かけましたが、大切な教えを学びました。その教えは今でも心のなかに生きています。今夜も、何か教えてくださることがあれば、学ばせていただきます」

「私の衣服に触れなさい」

スクルージは言われたとおりにし、精霊の衣服をしっかりと握りしめました。

すると、その部屋のなかにあったもの——七面鳥、ガチョウ、野ウサギの肉、鶏肉、豚肉、牛肉、子豚、ソーセージ、牡蠣、パイ、プディング、果物、ポンチ酒——はすべて一瞬のうちに姿を消しました。その部屋や暖炉や赤々と燃える火や夜までもが姿を消し、彼らはクリスマスの朝の街路のうえに立っていました。厳しい冬の天候のなか、人々は家の前の舗道の雪をかいたり、屋根から雪を下ろしたりして、不規則ではあるものの、きびきびした心地よい音楽を奏でていました。雪がドスンと道路に落ちてきたり、人工的な小さな吹雪となって落ちてきたりするのを見て、少年たちは大喜びしていました。

屋根のうえの滑《なめ》らかな一面の白い雪や地面のうえの汚れた雪とくらべると、建物の正面は黒く、窓はさらに黒っぽく見えました。地面に積もった雪には、二輪や四輪の荷馬車の重たい車輪によって深い轍《わだち》がつけられていました。大きな四つ辻では轍が幾重にも交差し、黄ばんだ雪まじりの泥と雪解けの水たまりのなかには、たどることができないほど複雑な水路が形作られていました。空はどんよりと曇っていて、狭い街路には半分凍って半分解けた黒ずんだもやが満ちていました。その重たいほうの粒子、つまり煤《すす》は勢いよく空から降り注いでいました。それは、まるでイギリス中のすべての暖炉がいっせいに火をおこし、煙突から思う存分煙を吐き出しているかのようでした。天候にも街にも気分を引き立たせてくれるようなものは何もありませんでしたが、あちこちに快活な雰囲気が漂っていました。それは、どんなに澄んだ明るい夏の陽気も満ちわたらせることができないものでした。

屋根のうえで雪かきをしている人たちは陽気で上機嫌でした。欄干越しに互いに声をかけ合い、ときにはふざけて雪玉――言葉の冗談よりも、はるかに愛想のよい飛び道具――を投げ合いました。当たれば嬉しそうに笑い、当たらなければもっと嬉しそうに笑いました。鳥肉屋はまだ半分開いており、果物屋は完全に開いて輝いていました。果物屋の店頭には栗の実が入った大きな丸い下ぶくれのバスケットが置いてありました。まるでチョッキを着たほろ酔いの紳士のような格好で、入り口のドアにだらりと寄りかかり、はち切れんばかりになって今にも路上へ転がり出てしまいそうでした。赤茶色の大きなスペイン玉ねぎがありました。まるまると太って、スペインの托鉢《たくはつ》修道士の頭のように輝いています。この者たちは棚のうえから通り過ぎる若い女性に向かってこっそりと色目を使ってウィンクしながら、吊るしてあるヤドリギ‡42を取り澄ましてちらちら見ているようでした。たくさんのナシとリンゴがありました。それらは栄華《えいが》を極めたピラミッドのように高く積み上げられていました。いくつものぶどうの房《ふさ》がありました。店主のご厚意で、通りを行き来する人たちが、無料でよだれを垂らすことができるように、よく目立つところにぶら下げてありました。山盛りの茶色い殻付きのヘーゼルナッツがありました。苔むしたような匂いで、枯れ葉に足を取られながら楽しく歩く、古《いにしえ》の森のなかの散歩を思い起こさせました。ノーフォーク・ビフィン‡43がありました。ずんぐりして浅黒く、オレンジとレモンの黄色を引き立たせていました。しっかり中身が詰まって果汁たっぷりの様子は、紙袋に入れて持ち帰って食後に食べてくださいと懇願しているようでした。こうした選りすぐりの果物のなかに金魚鉢が陳列されていました。金魚たちは決して聡明な種族ではありませんが、鉢の外で何が起こっているか知っているように見えました。満場一致で口をパクパクさせながら、彼らの小さな世界のなかを、ゆっくりと静かに興奮して回っていました。

ああ、素晴らしき哉《かな》、食料雑貨店！　ほとんど閉店間際で、シャッターも一つか二つ開いているだけでしたが、その隙間から見える光景といったら！　カウンターのうえの秤《はかり》は物が置かれるたびに陽気な音をたて、包装用の麻ひもとローラーは勢いよく分かれ、蓋付きの小さな缶はジャグリングの早業みたいに上下左右に移動し、珈琲と紅茶の入り交じった匂いは鼻に心地よく、レーズンは量が豊富かつ高級で、生アーモンドはとても白く、シナモンスティックは長くまっすぐで、そのほかの香辛料も実に香りがよく、砂糖漬けの果物はどんな冷やかし客にもめまいを起こさせる（その後、不機嫌にさせる）ほどでした。イチジクはたっぷりと汁を含んで柔らかく、フランス産のプラムは豪華な飾り箱のなかで乙女の恥じらいのように甘酸っぱく顔を赤らめていました。すべては味わってよく、またクリスマスの装いは見て楽しめました。しかし、それだけではありません。この日を待ち望んでいたすべての買い物客が急ぎ足で行きかい、熱気を帯びていました。ドアのところで互いにぶつかったり、枝編み細工のかごを激しく押しつぶしたり、買った物をカウンターのうえに置き忘れたり、慌てて取りに戻ったり、ほかにも同じような多くの間違いをとびきり上機嫌でしていました。いっぽう、店主と店員たちは腹蔵なくきびきびと立ち働いて、エプロンの後ろのピカピカのハート形の留め金は、まるで「これが私の真心です、誰でもどうぞご覧あれ、試しにクリスマスのカラスにつつかせてみましょうか」‡44と言っているみたいでした。

しかし、間もなく尖塔《せんとう》の鐘が鳴り、信心深い人たちを教会や礼拝堂へと呼び寄せました。人々は一番の晴れ着を着て、一番の笑顔を見せて、群れをなして通りを進みました。そして同時に、数え切れないほどの人々がたくさんの裏通りや小道や名もない曲がり角からごちそうを持って現れ、街中のパン屋へと向かいました‡45。この貧しい享楽者たちの光景が精霊の興味を引いたようでした。というのも、精霊はスクルージとともにパン屋の戸口に立ち、ごちそうを運んでくる人たちが通るたびにその覆いを取り、たいまつの香の煙を振りかけたからです。それは特殊なたいまつでした。一度か二度、運搬人が押し合って口論になったとき、精霊はたいまつを傾け数滴の水を彼らのうえに振りかけました。すると、両者の機嫌は直ちに回復したのです。彼らはクリスマスの日にけんかをするのは恥ずかしいことだと言いました。確かにそのとおりでした！

　しばらくすると鐘が鳴り止み、パン屋の入り口は閉じられました。しかし、あちこちのパン屋のかまどのうえでは――かまどはたいてい地下にあったので――雪が解けて小さな水たまりとなっていました。それは、ごちそうの存在とその料理の進み具合いを示す嬉しい吉兆でした。まるで舗道の石もあわせて料理しているみたいに、舗道からは湯気が立ち上っていました。

「あなたさまが、たいまつから振りまく香の煙には特別な風味があるのですか」スクルージは尋ねました。

「あるとも、同胞よ」

「それはどんなクリスマスの食事にも合うのですか」

「神によって与えられたどんな食事にも合う。貧しい食事に最も合う」

「どうしてそうなのですか」

「それを一番必要としているからだ」

「精霊さま」スクルージは少し考えてから言いました。「よりによってあなたともあろうかたが、そういう人たちの細やかな楽しみの機会を奪おうとなさっているというのは不思議な気がします」

「私が、だって！」精霊は叫びました。

「あなたさまは、彼らから、まともな食事がとれるほとんど唯一の日である日曜日に温かい食事をとる手段を奪おうとされているのでしょう？」

「私が、だって！」

「日曜日にはこうしたパン屋を完全に閉じることを求めておいでなのでしょう？」スクルージは言いました。「そうすれば、同じことになりますよ」

「私が求めているだって！」

「もし間違っていたらお許しください。それを禁じる法案‡46はあなたさまのお名前――少なくとも、あなたさまのご一族のお名前――を借りて提出されていたものですから」

「お前たちのこの世界では、私たちのことをよく知っていると主張し、自分たちの欲望、自尊心、悪意、憎しみ、妬み、偏見、利己心にまみれたおこないを、私たちの名前においておこなう者たちがいる。しかし、私たちや私たちの親類縁者にとって、彼らは無きがごとく縁遠い存在なのだ。そのことをよく覚えておきなさい。そして、彼らのおこないに対する責めは私たちにではなく、彼ら自身に負わせるのだ」

スクルージは、必ずそうすると約束しました。彼らはこれまでと同様、誰からも姿を見られることなく、郊外へと向かいました。精霊には目立った特別な能力がありました（スクルージはパン屋にいたときにそのことに気がつきました）。とても大きな体だったにもかかわらず、精霊はどんな場所でも自分の体の大きさを楽々と合わせることができたのです。ですから、低い屋根の下でも、高い天井の大広間でするのとまったく同じように、超自然的な人物にふさわしい優雅さで立ち振る舞うことができました。

精霊は自分が持っているこうした力を見せびらかしたかったからでしょうか、それとも親切で寛大で優しい心と、すべての貧しい者たちへの愛情からでしょうか、まっすぐにスクルージの事務員の家に向かいました。スクルージも精霊の衣服を握りしめたままついて行きました。精霊は玄関の戸口のところでにこやかに笑うと、立ち止まり、手に持っていたたいまつの香の煙を振りまいてボブ・クラチットの家を祝福しました。考えてもみてください！　ボブは一週間に一五シリングしかもらっていないんですよ。土曜日に彼が手にするのは、自分のクリスチャンネームと同じ名前の硬貨[‡47]をたったの一五枚だけなんです。それでも、現在のクリスマスの精霊は、この四部屋しかない小さなボブの家を祝福しました！

まず、クラチット夫人、クラチットの奥さんの姿が見えました。二回も仕立て直したガウンを着ていましたが、リボンでおめかししていました。安物ですが、六ペンスにしてはいい見栄えです。テーブル・クロスをかけるのを手伝っているのが次女のベリンダ・クラチット。彼女もまたリボンでおめかしをしていました。鍋のなかのジャガイモにフォークを突き刺しているのが長男のピーター・クラチット。大きなシャツの襟《えり》に文字どおり閉口していましたが、自分の立派な装いを大いに喜んでいます。このシャツは父親の数少ない私有財産の一つでしたが、クリスマスを記念して、長男であり相続人であるピーターに贈与されたのです。彼は、このリネンのシャツを着て、さっそく社交界の人々が集まる公園に出かけてみたいものだと考えていました。それから、男の子と女の子、二人のちっちゃなクラチットが、パン屋の外でガチョウが焼ける匂いがしたよ、あれは絶対うちのガチョウだよ、と叫びながら、ものすごい勢いで入ってきました。ガチョウに入れるセージと玉ねぎの詰め物のことを考えるという贅沢を味わいながら、二人のちっちゃなクラチットはテーブルのまわりで踊り、お兄ちゃんのピーター・クラチットを褒めたてました。ピーターは得意がることもなく、大きなシャツの襟で窒息しそうになりながら、火起こしに奮闘していましたが、ようやくなかなか煮えないジャガイモが浮き上がってきて、早くここから出して皮を剝《む》いてくれとでもいうように、鍋の蓋をノックしているのが聞こえました。

「あなたたちの大好きなお父さんとティム坊やはどうしたのかしら」クラチット夫人が言いました。「それにマーサだって、去年のクリスマスには、三〇分前にはもう帰り着いていたはずよ！」

「マーサは帰ってきましたよ、お母さん！」少女がこう言って、入ってきました。

「マーサが帰ってきたよ、お母さん！」二人のちっちゃなクラチットが叫びました。「万歳！　ガチョウのね、とってもね、いい匂いがしたよ、マーサ！」

「まあ、かわいそうに、どうしてこんなに遅かったの」クラチット夫人は、何度も娘にキスをして、世話をやいてショールとボンネットを脱がせてやりながら言いました。

「昨日の夜までに仕上げなくちゃいけない仕事がたくさんあったの」娘は答えました。

「それに今朝は大掃除をしなければならなかったのよ、お母さん！」

「あらそう！　まあでも、帰ってきたんだからよしとしましょう」クラチット夫人は言いました。「暖炉の前に座って体を温めて。まあ、こんなに冷えちゃって！」

「だめ、だめ！　お父さんが帰ってきたよ」いつでもどこにでも現れる二人のちっちゃなクラチットが言いました。「かくれんぼ、マーサ、かくれんぼ！」

マーサがかくれると、小柄な父親のボブが入ってきました。房飾《ふさ》りをのぞいても一メートルはありそうなマフラーを首から下げています。擦り切れた服は、クリスマスの季節にふさわしいように糸で繕い、きれいにブラシがかけてありました。ボブの肩に乗っかっているのがティム坊やです。かわいそうなティム坊や！　手には松葉杖を持ち、足は鉄の枠で支えられています。

「あれ、マーサはどうしたの」ボブ・クラチットがあたりを見まわしながら言いました。

「帰ってこないわよ」クラチット夫人が言いました。

「帰ってこないだって！」意気揚々としていたボブが急にぺしゃんこになって言いました。

彼は教会からの帰り道ずっとティムのサラブレッドになっていて、ヒヒーンと後ろ足で立ち上がって家に到着したところだったのです。「クリスマスの日に帰ってこないだって！」

マーサは、たとえ冗談にしても父親ががっかりしている顔を見たくなかったので、我慢しきれずにクローゼットのドアの後ろから姿を現し、父親の腕のなかに飛び込みました。いっぽう、二人のちっちゃなクラチットは、ティム坊やをせきたてて彼を洗濯場に連れて行きました。普段は洗濯に使う銅釜のなかでプディングが歌っているのを聞かせるためです。

「ティム坊やは教会でいい子にしていましたか」ボブの信じやすさをからかい、彼が心ゆくまで娘を抱きしめるのを見届けると、クラチット夫人が言いました。

「いい子にしてたよ」ボブが言いました。「いや、それ以上だった。一人でずっと座っていたせいかな、どういうわけか考え深くなっちゃって、奇妙なことを考えたんだね。家に帰る途中でこう言うんだ。僕は教会に来ている人たちが僕のことを見てくれたらいいなと思う。だって、イエスさまが歩けない物乞いを歩けるようにし、目の見えない人を見えるようにしたことをクリスマスの日に思い出すのはいいことだからね、だって」

みんなにこう言ったとき、ボブの声は震えていましたが、ティム坊やはどんどん元気になってきているから心配ないよ、と言ったときにはもっと震えていました。

コツコツと小さな松葉杖を動かす音が聞こえ、ティム坊やが戻ってきたので、もうそれ以上何も言いませんでした。ティムはちっちゃな兄と姉に支えられて、暖炉のそばの椅子に腰かけました。いっぽう、ボブは——かわいそうに、まだこれ以上みすぼらしくなれるとでもいうように——擦り切れたシャツのそで口をたくし上げて、温かい飲み物を作りました。水差しのなかでジンとレモンを調合し、それを何度もかき混ぜてから、暖炉内の横棚のうえに置いて沸騰させます。ピーターと、どこにでも姿を現す二人のちっちゃなクラチットは、パン屋のかまどで焼いてもらったガチョウを取りに行きましたが、すぐにガチョウを先頭に行進しながら帰ってきました。

そのあとも大変な騒ぎで、ガチョウというのは世界で最も珍しい鳥のことかと勘違いしてしまうほどでした。まさに羽根の生えた驚異の現象——これにくらべれば、黒い白鳥などただの普通の鳥にすぎません。実際、この家ではガチョウはそうした存在だったのです。クラチット夫人は小さな鍋に前もって用意していたグレービー・ソースを煮立たせます。

ピーターは勢いよくジャガイモをつぶします。ベリンダ嬢はアップル・ソースに甘味をつけます。マーサは温めたお皿を拭きます。ボブは自分の隣の小さな隅っこの席にティム坊やを座らせます。二人のちっちゃなクラチットは自分たちのも忘れずに、みんなの椅子を用意します。二人は見張りのように持ち場につくと、スプーンを口のなかに押し込みました。よそってもらう順番が来る前にガチョウを見てキャーと大きな声をあげてしまうとお行儀が悪いからです。ついに料理とお皿がテーブルのうえに並べられ、食前のお祈りが唱えられました。みんなが息を呑んで見守ると、クラチット夫人がゆっくりと切り盛り用のナイフの刃を眺めました。いよいよガチョウの胸にナイフが入る瞬間です。ナイフが入る――と同時に、待ちに待っていた詰め物がどっとあふれ出して、みんなは一斉にワァーと喜びの声をあげました。ティム坊やでさえ、二人のちっちゃなクラチットの真似をして、ナイフの柄でテーブルをたたいてから、「万歳!」とか細い声で叫んだほどです。

こんなに美味しいガチョウは食べたことがありません。いまだかつてこれ以上のガチョウが料理されたことはないと思う、とボブが言いました。この柔らかさといい、風味といい、大きさといい、値段といい、世界中の賞賛の的です。このガチョウにアップル・ソースとマッシュポテトを加えると、家族全員にとってじゅうぶんな食事となりました。確かに、クラチット夫人がお皿のうえに残ったひとかけらの骨を見て言ったように、結局全部は食べきれなかったのです！　それでもみんながじゅうぶん頂きました。とくに、ちっちゃなクラチットたちはセージと玉ねぎの詰め物に眉まで浸かって大満足でした！　さてここで、ベリンダ嬢が新しくお皿を取り替えると、クラチット夫人は一人で部屋を出て行きました。銅釜からプディングを取り出して持ってくるためです。不安だったので、誰にもついて来てほしくなかったのです。

生煮えだったらどうしよう！　袋から出すときに壊れちゃったらどうしよう！　みんながガチョウに夢中になっていた間に、泥棒が裏庭の塀を越えて入ってきて、プディングを盗んじゃってたらどうしよう！　この最後の事態を想定して、二人のちっちゃなクラチットは顔が真っ青になりました！　ありとあらゆる恐ろしい想像が頭のなかを駆けめぐったのです。

わあい！　すごい湯気だ！　プディングが銅釜から取り出されたぞ。洗濯日のような匂いがする！　これは布の匂い。食べ物屋さんとお菓子屋さんが隣同士で、そのまた隣が洗濯屋さんみたいな匂い！　これがプディングなんだ！　三〇秒ほどしてクラチット夫人が戻ってきました。頬を紅潮させ、誇らしく微笑んでいます。両手に持ったプディングは、干しぶどうの斑点《はんてん》のついた丸い砲弾のよう。硬くてしっかりしています。プディングにふりかけたブランデーに点火して青い炎がとてもきれい。てっぺんにはヒイラギの枝が飾ってあります。

ああ、なんて美味しいプディングなんだろう！　ボブ・クラチットは穏やかな口調で、このプディングはクラチット夫人が結婚以来作ってきた歴代のプディングのなかでも最高の出来だと思う、と言いました。クラチット夫人は、やっと心の重荷がとれたので正直に言うけど、実は小麦粉の量がちょっと心配だったのよ、と言いました。誰もがそのプディングの素晴らしさについて賞賛しましたが、誰もそのプディングが大家族にとっては小さすぎるということは言いませんでした。それは異端の行いというものです。家族の誰もが、そんなことをほんのちょっとでも口にするだけで、恥ずかしさで真っ赤になったことでしょう。

食事が終わると、テーブルのうえを片付け、暖炉のまわりを掃き、石炭をくべて火の勢

いを強くしました。水差しに入った飲みものを味見すると完璧な出来上がり。テーブルにはリンゴとオレンジのデザートが置かれ、栗の実をのせたシャベルが暖炉の火のうえにかけられました。そして、クラッチットの家族全員がボブ・クラチットが言うところの輪になって――本当は半円です――暖炉のまわりに集まりました。ボブの手もとにはこの家のグラスがすべて並べられています。と言っても、タンブラーが二つと取っ手のないカスタードカップが一つだけでした。

それでも、これらのグラスは、黄金の杯《さかずき》とまったく同じように、水差しから注いだ温かい飲み物をたたえました。ボブが笑顔でみんなに飲み物を配ると、火にかけた栗がパチパチと大きな音をたてました。それから、ボブが乾杯の音頭をとって言いました。

「クリスマスおめでとう。神さまの祝福がありますように！」

みんながこの言葉を繰り返しました。

「僕たち一人ひとりに神さまの祝福がありますように！」みんなに少し遅れてティム坊やが言いました。

ティムは父親にぴったりくっつくようにして小さな椅子に座っていました。ボブは、この子を愛していて、いつまでもそばに置いておきたいが、そのうち自分から離れていってしまうのではないかと心配している様子で、ティムの小さな痩せた手を握りしめていました。

「精霊さま」スクルージは、これまで感じたことのない興味を抱いて言いました。「ティム坊やは生き延びることができるのでしょうか」

「私には、貧しい暖炉のそばの空席が見える」精霊は答えました。「それから所有者のいない松葉杖が大切に取り置かれているのが見える。こうした幻影が未来によって変えられることがなければ、この子は死ぬだろう」

「それはいけません」スクルージは言いました。「親切な精霊さま、どうかこの子が助かるとおっしゃってください」

「こうした幻影が未来によって変えられることがなければ」精霊は答えました。「私の兄弟たちの誰もここでこの子に会うことはないだろう。でも、それがお前に何の関係があると言うのだね。もし死にそうだとしても——止めはせん。過剰人口が解消されて結構じゃないか」

スクルージは、精霊が自分の言った言葉を繰り返すのを聞いてうなだれ、後悔と悲しみで胸が一杯になりました。

「人間よ」精霊は言いました。「もしお前の心が硬い石ではなく、血が通っているならば、悪意のある流行《はや》り言葉を安易に口にするのは慎みなさい。過剰人口とは誰で、どこにそうした人たちがいるのか、わかってから言いなさい。誰が生きるに値して、誰が死んでも構わないとお前が決めると言うのかね。天の国から見れば、こうした何百万人という貧しい家庭の子どもに比べて、お前のほうがよっぽど価値がなく、生きるに値しない存在かもしれないのだぞ。それは塵芥《ちりあくた》のなかで、葉のうえの虫けらが、飢えた同胞たちに向かって数が多すぎるとつぶやいているようなものなのだ！」

スクルージは精霊の叱責を黙って受け入れ、自分を恥じて身を震わせながら視線を地面に落としました。しかし、彼は自分の名前が呼ばれるのを聞いて、急いで顔を上げました。

「スクルージさん！」ボブが言いました。「みんな、スクルージさんのために乾杯しよう。今夜のごちそうの提供者だからね」

「提供者が聞いてあきれるわ！」クラチット夫人が真っ赤になって叫びました。「もし彼がここにいたら、お返しにたっぷりと不平不満をごちそうしてあげたいわ。うんとお腹を空かせてくることね」

「まあまあ」ボブが言いました。「子どもたちの前だよ！　それにクリスマスじゃないか」

「確かにクリスマスでもないかぎり考えつかないわ。スクルージさんみたいに憎らしくて、けちで、冷酷で、思いやりのない人の健康のために乾杯するなんて。そうでしょう、ロバート！　かわいそうに、誰よりもあなたが一番よくご存じよ！」

「ねえ」ボブが穏やかに答えました。「クリスマスだから、さ」

「それじゃあ、私は、あなたのため、今日という日のために乾杯するわ。スクルージさんのためではなく。どうぞ長生きしてください！　それからメリー・クリスマス、そして新年おめでとう！　さぞかし陽気でおめでたいことでしょう！」

子どもたちも彼女に続いて乾杯しました。この日初めて気乗りがしない様子でした。最後にティム坊やが乾杯しましたが、やはり気が乗らない様子でした。なにしろスクルージはこの一家にとって、お話に出てくる人食い鬼なのです。彼の名前を聞いただけでみんなの心には暗い影がさし、それが消えるのにまる五分かかりました。

しかし、その影が消え去ると、彼らは前より一〇倍も陽気になりました。もうこれで不吉なスクルージの話はおしまいになったと安心できたからです。ボブ・クラチットは、実はピーターにぴったりの仕事があって、もしうまくいけば週に五シリング六ペンスもの収入を得られるかもしれないよ、と言いました。二人のちっちゃなクラチットはビジネスマンになったピーターを想像して大笑いし、ピーターは大きな襟の間から感慨深げに暖炉の火を見つめていました。まるで、そんな大金が手に入ったら、まずどの方面に投資しようかと思案しているみたいでした。次に、婦人帽子店で見習いをしているマーサが、自分がどんな仕事をしているか、どれだけ休みなく働き続けなければならないかについて、みんなに話して聞かせ、明日の朝は遅くまでベッドにいて、たっぷり眠るつもりよ、だって明日は一日お休みを頂いてるんですもの、そうそう、それから、何日か前に伯爵夫人とそのご子息がお店にいらっしゃったのだけれど、そのお坊ちゃんがちょうどピーターと同じくらいの背格好だったのよ、と言いました。これを聞いたピーターは照れ隠しに、大きなシャツの襟を二つとも持ち上げましたので、もしその場にあなたがいたとしても、ピーターの顔を見ることはできなかったでしょう。こうしたおしゃべりの間じゅう、栗の実と水差しに入った飲み物が何度もみんなに回されました。やがてティム坊やが、雪のなかで迷子になってしまった子どもの歌を歌いました。悲しそうな小さな声で、とてもうまく歌いました。

とくにこれと言って目立つようなものは何もありませんでした。裕福な家族ではありませんでしたし、着ている服もりっぱなものではありませんでした。靴には水が染み込むし、服だって不足していたのです。ピーターも、もしかすると、いや非常に高い確率で、質屋の内側を知っていたかもしれません。しかし、彼らは幸せでした。感謝し、お互いに愛し合い、今このときに満足していました。彼らの姿がだんだん消えていくときも――精霊のたいまつの光のなかでよりいっそう幸せそうに見えます――スクルージは彼らの姿を見つめていました。とくにティム坊やからは最後まで目を離しませんでした。

この時間になると辺りは暗くなり、雪も激しく降ってきました。スクルージと精霊が通りを歩いたとき、台所や居間やそのほかの部屋で燃え盛る火の輝きは素晴らしいものでした。こちらでは揺らめく暖炉の火が、和気あいあいとした食事の準備を照らし出していました。皿は火の前で念入りに温められ、寒さと闇夜を閉め出すために深紅のカーテンが引かれる用意もできていました。あちらでは家の子どもたち全員が、結婚した姉や兄、いとこ、おじやおばを出迎えて最初に挨拶しようと雪のなかに飛び出していきました。またこちらでは客人が集う影絵が窓辺のブラインドに映っていました。またあちらではフードをかぶり、毛皮付きブーツを履いた美しい女性たちが、おしゃべりしながら近所の家に颯爽《さっそう》と向かっていました。彼女たちがぽっと赤らんで家に入っていく様子を眺める独身男性たちのかわいそうなこと——この魅惑的な女性たちは自分たちが見られていることをちゃんと知っているのです。

仲のよい集まりに出かける人たちの数の多さから判断すれば、どの家も客人を待ち受けて暖炉の火を高く燃え上がらせているというよりも、彼らが到着しても迎え入れる人など誰一人いないのではないかと思われるほどでした。これらの家々を祝福して、精霊はとても嬉しそうでした。精霊は胸をはだけ、大きな手のひらを広げ、軽やかに動き回りながら、自らの寛大な手を使って、手に届くすべてのもののうえに明るい歓喜の妙薬を振りまきました。薄暗いなか街灯の小さな火を灯すために走り回っていた点灯夫は——このあとどこかに出かけようと盛装していましたが——精霊が追い越したとき、大声で笑いました。しかし、点灯夫もまさかクリスマスが自分のそばにいるとは思わなかったでしょう。

そして、精霊から何の予告もないまま、次の瞬間、彼らは荒涼として人気《ひとけ》のない荒地[48]のうえに立っていました。そこはまるで巨人の墓地でもあるかのように、巨大な岩があちこちに散らばっていました。辺りは湿地で、寒さで凍ってしまわないところでは水が四方八方に流れていました。この荒地に生育しているのは、コケやハリエニシダや生い茂る雑草だけでした。西の空では、沈みゆく太陽が一筋の真っ赤な光を地平線に浮かべていましたが、不機嫌そうな目で一瞬荒地をにらみつけるように輝いたあとで、次第にその渋面《しぶつら》の位置を下げ、ついには漆黒の夜の闇のなかに消えていきました。

「この場所は何ですか」スクルージが尋ねました。

「ここは地球の奥深い場所で働く者たち——坑夫たちが生活している場所だ」精霊は答えました。「しかし、彼らは私のことをよく知っている。ご覧!」

小屋の窓から明かりが輝いているのが見え、彼らは素早くそちらに向かいました。泥と石で作られた壁を通り抜けると、何人もの陽気な人たちが明々と燃える火のまわりに集っていました。おじいさんやおばあさん、その子どもたち、そのまた子どもたち、さらにその子どもたちと、何世代にもわたる人たちが晴れ着で着飾っていました。一人の老人が、荒地をひゅーひゅーと吹く風の音とほとんど変わらないくらいの小さな声で、みんなにクリスマスの歌を歌って聞かせていました。それはその老人が子どもだったころに昔から伝わる古い歌として覚えたものでした。ときどきみんながコーラスに加わりました。彼らが大きな声で歌うと、老人は幸せそうに声を張り上げ、彼らが歌うのをやめると、また小声に戻りました。

精霊はそこに長く留まりませんでした。精霊はスクルージに衣服を握りしめるように言うと、荒地を越えて進みました。彼らはどこに向かったのでしょうか？　海でしょうか？そう、海に向かいました。スクルージが恐怖を感じたことには、振り返ってみると、後ろには陸地の果て——険しい岩の連なり——が見えました。そして、海の轟音でスクルージは耳が聞こえなくなりました。波はうねり、轟《とどろ》き、それが浸食した恐ろしい洞窟のまわりで荒れ狂い、凄まじい勢いで大地を削り取ろうとしていました。

水没した陰気な岩礁のうえに灯台がぽつんと立っていました。そこは陸地から何マイルも離れたところで、一年中激しい波が打ち寄せ、ぶつかり合っていました。灯台の底部には海草が山のようにくっつき、ウミツバメは——海草が海から生まれたように、風から生まれたように見えます——急上昇と急降下を繰り返しながら灯台のまわりを飛び回っていました。その様子は、この鳥たちがすれすれにかすめて飛んでいく波のようでした。

しかし、ここにも二人の灯台守がいて、灯台の灯火の下で団欒の火を焚き、その火は厚い石壁に設けた小窓から荒れた海のうえに一条の明かりを投げかけていました。彼らは質素なテーブル越しにごつごつした手を握り合い、陽気なクリスマスを祈って金属製のコップに入ったグロッグ‡49で乾杯しました。彼らのうちの一人、年を取ったほうは——長年波風にさらされた船首像のように、その顔は厳しい天候によって傷つけられていましたが——まるで強風それ自体であるかのような唸《うな》り声で歌を歌い始めました。

精霊は再び移動を続け、真っ暗な波打つ海のうえを飛んでいきました。精霊がスクルージに告げたところによれば、どの陸地からも遠く離れた場所で、ようやく一隻《いっせき》の船が見つかり、二人はそのうえに降り立ちました。彼らは、舵輪《だりん》を操縦する舵手、船首の見張り、当直の航海士、真っ暗な場所で持ち場についている影のような数人の船員たちの近くにいました。ここでもやはり、それぞれがクリスマスの歌を鼻歌で歌ったり、クリスマスのこ

とを考えたり、郷里への思いを胸に抱きながら、在りし日のクリスマスの思い出を仲間に小声で話して聞かせたりしていました。そして、起きている者も寝ている者も、性格の善い者も悪い者も、乗船しているすべての者たちが、一年のうちでほかのどの日よりも優しい言葉を相手にかけ、いくらかはお祝い気分をともにしていました。彼らは遠くにいる家族のことを思い出し、また家族が自分のことを思い出してくれていることを知っていました。

うなるような風の音を聞きながら、孤独な闇のなか、死と同じくらい底知れぬ名もなき深淵を越えて進み続けることはなんと荘厳なことだろうと考えていたとき、突然元気な笑い声が聞こえてきたので、スクルージは驚きました。しかし、さらに驚いたことには、それはスクルージの甥の声であり、スクルージは、明るく、清潔で、きらきらと光る部屋のなかにいたのです。精霊はにこやかに笑って自分のそばに立ち、スクルージの甥の姿を満足そうに眺めています。

「わっ、はっ、はっ、はっ、は」スクルージの甥が笑いました。

もしあなたがスクルージの甥以上に笑う才能に恵まれた人を知っていたら——そんなこ

とはありそうもないことですが――会ってみたいものです。お近づきになりたいので、ぜひ紹介してください。

病気や悲しみが人にうつってしまうように、笑いやユーモアにも抵抗できない伝染性があるということは、この世の公平で、偏りがない、りっぱな取り決めと言えるでしょう。スクルージの甥がこんなふうに――おなかを抱え、頭を揺すり、顔をくしゃくしゃにして――心の底から楽しそうに笑うと、彼の妻であるスクルージの義理の姪も、つられて同じように笑い、その家に集まっていた友人たちも少しも遅れることなく、心の底から楽しそうに笑いました。

「あっ、はっ、はっ、はっ、は」

「おじはね、クリスマスがね、ばかばかしいって言ったんだよ！」スクルージの甥が大声で言いました。「しかも本気でそう思っちゃってるんだからね！」

「とても残念なことだわ、フレッド！」スクルージの姪が本気になって言いました。こういう女性たちに祝福あれ。彼女たちは物事を中途半端にしません。いつだって大真面目なのです。

スクルージの姪はとても美しい女性でした。とびきり美しい女性でした。えくぼがあって、目のパッチリとした、かわいらしい顔。赤くふっくらとした小さな唇。まるでキスをするためにつくられたかのようです。いや、まったくそうに違いありません。あごのあたりにあるいくつかの小さなくぼみは、笑うと一つに溶け合います。こんなに明るく輝く瞳は見たことがありません。全体として、彼女は癪《しゃく》に障《さわ》るほど美しい女性でした。完璧すぎるほど申し分のない女性でした!

「おじは滑稽な人だよ」スクルージの甥が言いました。「それが本当なんだ。そのわりには愛敬がないけどね。だけど、おじの罪にはいつだって罰が伴っているんだから、ことさら僕が悪く言う必要はないよ」

「でも、おじさまはとてもお金持ちなんでしょう、フレッド」スクルージの姪は彼にそのことを思い出させようとして言いました。「少なくとも、私にはそう言ってるわよ」

「それが何だって言うんだい?」スクルージの甥は言いました。「お金を貯めたところで、それを何か善いことに使うのでなければ、まったく意味はないよ。おじは自分を心地よくするためにそれを使うことすらしていないんだからね。僕たちにごちそうしてやろうと考

えることで得られる――はっ、はっ、は――大いなる喜びを放棄しちゃってるんだから
ね」

「おじさまに対して寛容にはなれないわ」スクルージの姪が言いました。彼女の妹たちも、ほかの女性たちも同じ意見を述べました。

「僕はなれるよ」スクルージの甥は言いました。「おじのことが気の毒ですらあるんだ。腹を立てることなんて、やろうとしてもできないよ。だって、いつも機嫌が悪くて損してるのは誰だい。おじ自身じゃないか、いつだって。たとえば、どういうわけか僕たちのことが嫌いで、一緒に食事をするのがイヤだと言う。その結果はどうだい。たいしたごちそうを食べそこなったわけじゃない、なんてね」

「もちろん、ごちそうを食べそこなったわよ、絶対に」スクルージの姪が口をはさみました。みんなが同じことを言いました。今さっき食事を頂いたばかりですから、みなさん判定者として適任と言えるでしょう。今はテーブルのうえにデザートを置き、暖炉のまわりに集まって、ランプの明かりのそばで話をしていたのです。

「そうか！　それを聞いて安心したよ」スクルージの甥が言いました。「若い妻たちの家

事については絶対の信頼、とはいかないからね。トッパー君、君はどう思った?」

　トッパーはあきらかにスクルージの姪の妹の一人に目をつけていました。というのも、彼の答えは、僕のように家庭から追放されたあわれな独身男が家庭料理の味について意見を述べる資格なんてありません、だったからです。これを聞くとスクルージの姪の妹が――いいえ、バラをつけたほうじゃなくて、レースの襟《えり》飾りをつけたぽっちゃりとしたほうです――頬を赤らめました。

「話を続けてちょうだい、フレッド」スクルージの姪は手をたたいて言いました。「いつでも途中で話が脱線してしまうんだから。本当におかしな人ね」

　スクルージの甥はもう一度心の底から楽しそうに笑いました。ぽっちゃりとした妹は香酢‡50で何とか抑えようとしましたが、この笑いの伝染を防ぐことは不可能でした。みんなが彼にならって笑いました。

「僕が言いたかったのはこういうことだよ」スクルージの甥は言いました。「僕たちのことを嫌って、僕たちに近づかないことで、おじは楽しい時間を過ごす機会を自ら逃しているということさ。おじの不利益にならないことは明らかなのにね。一緒に過ごす相手としては、頭のなかやカビ臭い事務所や埃《ほこり》っぽい自宅の部屋でおじが見つけることができる相手よりも、ずっと愉快な相手だと思うけどね。僕は毎年おじを誘うつもりだよ。おじが嫌がろうともね。おじのことが気の毒だからさ。おじは死ぬまでクリスマスを罵《のの》り続けるかもしれない。だけど、僕が毎年クリスマスに上機嫌で出かけていって、スクルージおじさん、お元気ですかと挨拶すれば、頑固なおじも、クリスマスも捨てたものじゃないと考え直すかも知れないよ。もしそれで、おじが不幸な事務員に遺産を五〇ポンドでも残してやろうという気になれば、それだけでもたいしたものだろう。それに、昨日の一撃はかなり効いたんじゃないかなあ」

甥がスクルージに一撃を食らわせたと聞いて、今度はみんなが笑う番でした。しかし、甥はまったく人のよい性格で、人が楽しそうに笑ってさえいれば、自分が笑われていてもあまり気にしなかったので、彼らにもっと陽気になるように勧め、嬉しそうに酒瓶《さかびん》を回しました。

紅茶のあとは、音楽を楽しみました。彼らは音楽一家で、男声合唱でも輪唱でも、自分が歌っているパートを見失うなんていうことは絶対にありませんでした。とりわけトッパーは、額に青筋を立てることも顔が真っ赤になることもなく、最後までバスのパートを盛んに唸っていました。スクルージの姪はハープを上手に奏でました。そして、ほかの曲の合間に一つの簡単な短いアリア（二分もあれば口笛で吹けるような何でもない曲）を演奏しました。それは、過去のクリスマスの精霊がスクルージに思い出させた、寄宿学校にスクルージを迎えにきたあの小さな子がよく口ずさんでいた歌でした。この音楽の旋律が響いたとき、過去のクリスマスの精霊と見たすべてのことが彼の脳裏に甦ってきました。彼の心はますます和らいでいきました。彼は何年も前にこの曲をたびたび聴いていたら、ジェイコブ・マーレイを埋葬した墓掘り男のシャベルのお世話になることもなく、自分自身の手で自分の幸福のために思いやりの心を育てることができたかもしれないと考えました。

しかし、彼らはその晩をすべて音楽に費やしたというわけではありません。しばらくすると罰金遊びを始めました。ときどきは子どもに戻って遊ぶのもいいものです。とくに、イエスさま自身が幼な子であったクリスマスほどそれにふさわしい日はありません。しかし、待ってください！　その前に目隠し遊びをしました。もちろん、そうするに決まっています。ただし、トッパーが本当に目隠しをしていると信じるくらいなら、彼の靴に目がついていると信じたほうがましです。私の意見では、これは彼とスクルージの甥の策略なのです。現在のクリスマスの精霊もそのことを知っていたに違いありません。彼がレースの襟飾りをつけたぽっちゃりとした妹のあとを追いかけるやり方というのは、人間の信じやすさを冒瀆《ぼうとく》する行為というものです。火かき棒を倒しても、椅子のうえに転んでも、ピアノにおもいきりぶつかっても、カーテンのなかで息ができなくなっても、彼女が行くところ、彼もまた行くのでした。彼はいつだってぽっちゃりとした妹の居場所をつきとめます。ほかの誰もつかまえようとはしませんでした。もしあなたが、何人かがそうしたように、彼にぶつかってそのまま立っていたとしても、彼はつかまえようというふりをするだけで——あなたの理解力に対する侮辱としか思えません——すぐにぽっちゃりとした妹のほうにそれていってしまうのです。彼女はフェアじゃないわと何度も叫びましたが、確かにそのとおりでした。しかし、ついに彼は彼女をつかまえました。絹のドレスの衣擦《きぬず》れの音がするほど、彼の前を素早く通り過ぎたにもかかわらず、彼女は逃げ場のないコーナーへと追いつめられました。そして、その後の彼の振る舞いは許し難いものでした。彼は彼

女が誰かわからないふりをしました。彼は彼女の頭飾りを触ってみる、さらには自分の確信を高めるために、彼女の指輪、それから彼女の首飾りに触れてみる必要があるというふりをしました。恥ずべき、あるまじき行為です！　彼女はそういう自分の意見を彼に伝えたに違いありません。目隠し鬼が交代したあとで、二人はカーテンの向こうで何やら親密そうに話し合っていましたから。

スクルージの姪は、目隠し遊びを楽しむ一団には加わらず、居心地のよい部屋の隅で、足載せ台付きの大きな椅子に腰かけて、くつろいでいました。精霊とスクルージは彼女のすぐ後ろにいました。しかし、彼女も罰金遊びには参加しました。それは、恋人を好きな理由をAからZまでの頭文字を持つ形容詞を使って順番に言っていく遊びでしたが、彼女はそれを見事にやってのけました。同じように、「どうやって、いつ、どこで」を尋ねて一つの言葉を当てる遊びでも、彼女はとても冴えていて、スクルージの甥が心ひそかに喜んだことには、妹たちを――トッパーの言うとおり、彼女たちも賢い女性たちではあったのですが――完全に打ち負かしました。そのパーティーには、老いも若きも二〇人くらいいたと思いますが、みんなが罰金遊びに参加しました。そして、スクルージも遅れを取ってはいませんでした。彼は遊びに夢中になって、自分の声が彼らに聞こえないことなどすっかり忘れて、ときどき大声で答えを言い、しかもそのほとんどが正解でした。最も先の尖った針――めどで糸が切れないこと保証付きのホワイトチャペル[＊51]製の最上級の針――でさえも、スクルージの鋭さにはかなわなかったでしょう。他人の気持ちに対しては鈍くをモットーにしていたスクルージでしたが、頭の冴えは鋭かったのです。

　精霊はスクルージがこうした気分でいるのを見て、とても喜びました。スクルージは好意のまなざしで彼を見ていた精霊に、客人が帰るまでここにいさせてくださいと少年のように懇願しました。しかし、精霊はそれはできないと言いました。

「別の遊びが始まった」スクルージが言いました。「もう三〇分、精霊さま、あと三〇分だけいさせてください！」

　それは「イエスとノー」と呼ばれる遊びでした。スクルージの甥があるものの名前を考えて、みんながそれを当てるのです。彼はみんなの質問に対してイエスかノーで答えなければなりません。彼には質問の雨あられが降りそそぎましたが、彼から引き出した答えによれば、彼が頭のなかに思い浮かべているのは、動物であり、生きた動物であり、かなり愛敬のない動物であり、獰猛《どうもう》な動物であり、ときには唸ったり吠えたりする動物であり、ときどきしゃべる動物であり、ロンドンにいて、通りを歩く動物であり、見世物にはなっていない、人に連れられてはいない、動物園にはいない、市場で売られてはいない動物であり、馬ではなく、ロバでもなく、雌牛でもなく、雄牛でもなく、虎でもなく、犬でもなく、豚でもなく、猫でもなく、熊でもありません。新しい質問が投げかけられるたびに、甥はお腹を抱えて笑いました。彼はあまりのおかしさにたまらなくなって、とうとうソファから立ち上がると、足を踏み鳴らして大笑いしました。ついに、あのぽっちゃりとした妹が叫びました。

「わかったわ！　答えがわかったわ、フレッド！　答えがわかったのよ！」

「何だい」フレッドが叫びました。

「あなたのおじさん！　スクルーーージおじさん！」

まさにそのとおりでした。みんながよくわかったものだと言って感心しました。でも、なかには、「それは熊ですか」という質問には「イエス」と答えるべきだったと不平を言うものもいました[‡52]。「ノー」という答えは、たとえそちらのほうに向かっていたとしても、彼らの考えをスクルージ氏から遠ざけるのにじゅうぶんだったからです。

「おじのおかげで大いに楽しむことができたよ」フレッドは言いました。「おじの健康を祈って乾杯しないのは恩知らずというものさ。今僕たちの手元には一杯のマルドワイン[53]が用意されている。そこで乾杯しよう。スクルージおじさんのために！」

「スクルージおじさんのために乾杯！」彼らは大声で唱和しました。

「たとえどんなおじでも、メリー・クリスマス、そして新年おめでとう！　僕からのお祝いの言葉は受け取らなくても、陽気なクリスマスと幸せな新年を過ごせますように、スクルージおじさん！」

　スクルージおじさんは、みんなに気づかれることなく、陽気で心も軽くなっていたので、時間さえ許せば、聞こえない声で、気づかないみんなのために乾杯し、感謝の言葉を述べたことでしょう。しかし、彼の甥が最後の言葉を口にした瞬間、その場面は消え、彼は再び精霊とともに旅に出ていました。

　たくさんのものを見て、遠くまで行きました。多くの家々を訪問しましたが、いつでもハッピー・エンドでした。精霊が病気で苦しんでいる人たちのそばに行くと、彼らは少し元気になりました。異国で働いている人たちのそばに行くと、彼らは故郷を身近に感じました。悪戦苦闘している人たちのそばに行くと、彼らは我慢強くなり、希望が持てるようになりました。貧しい人たちのそばに行くと、彼らの心が豊かになりました。救貧院でも、病院でも、監獄でも、どんな不幸の行きつく先でも、虚栄心の強い、つかのまの管理者が固くドアを閉ざし、クリスマスを締め出してしまわない場所では、精霊は祝福を与え、スクルージに教訓を学ばせました。

その晩はとても長い晩でした。もしそれが一晩であればの話ですが。スクルージはこの点について疑いを持っていました。なぜなら、一二日間のクリスマスホリデーが、彼が精霊とともに過ごした一日に凝縮されていたように思えたからです。また不思議なことに、スクルージの外見は変わらないいっぽうで、精霊は明らかに年を取っていきました。スクルージはこうした変化に気づいていましたが、子どもたちの十二夜パーティーの場を立ち去るときまで黙っていました。しかし、二人が開けた場所に並んで立ったとき、スクルージは精霊の髪が白くなっていることに気がつきました。

「精霊さまの寿命は短いのですか？」スクルージは尋ねました。

「私のこの世での命はとても短い」精霊は答えました。「今夜終わる」

「今夜ですか！」スクルージは叫びました。

「真夜中に終わるのだ。よく聞きなさい！　そのときが近づいている」

このとき、教会の時計の鐘が一二時一五分前を告げました。

「尋ねてはいけないことでしたら、お許しください」スクルージは精霊の衣服をじっと見つめて言いました。「何か奇妙なもの、あなたさまのものではない何かが、衣服のすそから突き出ているのが見えます。それはかぎ爪足か何かですか？」

「その肉付きを見れば、猛禽類《もうきん》の足とも見えよう」精霊は悲しそうに答えました。「よく見なさい」

精霊は衣服のひだの間から二人の子どもを引き出しました。それは、みすぼらしく、みじめで、醜い、哀れな子どもたちでした。彼らは精霊の足下にひざまずき、精霊の衣服をしっかり握りしめています。

「ああ、人間よ！　よく見なさい。注意して見るのだ！」精霊は叫びました。

彼らは男の子と女の子でした。病的に黄ばんで、痩せこけ、服はぼろぼろで、顔つきは険しく、狼のような表情をしていました。しかし、同時に卑屈で、すっかり打ちひしがれていました。本来であれば溌剌《はつらつ》とした若さが表情を満たし、瑞々《みずみず》しい色合いで染め上げるべきところを、生気を奪い、萎《しな》びさせる過酷な作用が、その表情を老人のようにやつれさせ、ひきつらせて、ずたずたに引き裂いていました。天使がいるべきところには悪魔が潜んでいて、こちらをにらみつけていました。あらゆる創造の神秘によって、人間性をどれほど変化させ、貶《おとし》め、ねじ曲げたとしても、この半分も恐ろしい醜悪な生き物を生み出すことはできないと思えるほどでした。

スクルージはぎょっとして後ずさりしました。このように子どもたちを見せられて、彼は、元気そうな子どもたちですね、と言おうとしましたが、その嘘の大きさにたじろぎ、言葉は喉に詰まって出ませんでした。

「精霊さま！　あなたの子どもたちなのですか？」スクルージはやっとそれだけ言うことができました。

「人間の子どもたちだ」精霊は彼らを見下ろして言いました。「この子どもたちは、父親から離れ、助けを求めて私にしがみついているのだ。この男の子の名前は無知、この女の

子の名前は貧困だ。どんな程度であれ、この二人に注意しなさい。とくに男の子には気をつけるのだ。その額には、この先消されることがなければ、破滅という文字が書かれているのが見える。見て見ぬふりをするつもりか！」精霊は街のほうに手を広げ、大声で言いました。「その事実を告げたものを誹謗中傷する輩《やから》がいる。党派的な理由でその事実を取り上げ、さらに状況を悪化させる輩がいる。そしてただ手をこまねいて結果を待つだけなのだ！」

「この子たちが逃げ込める場所や助けを求める手段はないのですか」スクルージは叫びました。

「監獄というものはないのかね。救貧院というものはないのかね」精霊は最後にもう一度スクルージ自身の言葉を彼に向かって繰り返しました。

すると突然、一二時の鐘の音が聞こえてきました。

スクルージは精霊を捜してあたりを見まわしましたが、その姿はもうどこにも見あたりませんでした。一二時の最後の鐘の音が鳴り終わったとき、彼はマーレイの予言を思い出して目を上げました。すると向こうから、全身が黒い布で覆われた厳《おごそ》かな様子の精霊が、地面のうえにたちこめる霧のように、ゆっくりと彼のほうに向かってやってくるのが見えました。

STAVE

IV

最後のクリスマスの精霊

THE LAST OF THE SPIRITS

精霊は、ゆっくりと、重々しく、無言で近づいてきました。精霊がそばまで来たとき、スクルージは両膝をついて頭《こうべ》を垂れていました。その精霊は陰鬱さと不可解な影をあたりにまき散らしながら、スクルージのところまでやってきたからです。

精霊の全身は真っ黒な衣服で覆われており、その頭も、顔も、体も見ることができませんでした。ただ一つ見えていたのは、まっすぐに伸ばした片手だけでした。この手がなければ、その姿と夜の闇を見分けることも、夜の帳《とばり》のなかにその姿を認めることも難しかったでしょう。

精霊がそばに来たとき、彼は精霊の背丈の高さと威厳を感じ、その不可解な存在感は彼を厳《おごそ》かな恐怖で満たしました。精霊は話もしなければ、動きもしなかったので、スクルージは、これ以上精霊について知ることはできませんでした。

「わしがお目にかかっているのは、これから先のクリスマスの精霊さまですか」

精霊は何も答えませんでした。ただ、片手で、ある方向を指差していました。

「あなたはこれからわしに、まだ起こってはいないけれども、これから起こるはずの未来の幻影を見せてくださるのですか」スクルージは続けました。「そうですね、精霊さま」

精霊がうなずいたかのように、衣服の頭部のひだが一瞬縮まりました。それが、彼が受け取った唯一の答えでした。

スクルージは精霊のお供をすることには慣れていましたが、黙した精霊の姿が恐ろしかったので足が震え、精霊について行こうとしたとき、彼はほとんど立っていられないことに気づきました。精霊は、彼がこういう状態なのを見ると、彼に回復する時間を与えるために、少しの間立ち止まりました。

しかし、スクルージにとっては、なおさら悪い結果をもたらしました。彼は、黒ずんだ覆いのなかから幽霊のような目がじっと自分を見つめていると知って、言いようのない恐怖に襲われたのです。いっぽうで、彼は、どんなに大きく自分の目を見開いても、幽霊のような手と大きな黒い布以外は見ることができませんでした。

「未来の精霊さま！」彼は叫びました。「今までお会いしたどの精霊さまよりも恐ろしく感じます。ですが、あなたさまの目的はわしのためになることだとわかっておりますし、今では新しい人間として生まれかわりたいと思っておりますので、感謝の心で、あなたさまのお供をいたします。口を利いてはいただけないのでしょうか」

精霊は返事をしませんでした。精霊の手はまっすぐに彼らの前方に向かって伸びていました。

「導いてください！」スクルージは言いました。「導いてください！　夜はすぐに終わってしまいます。わしにとってこの時間は貴重なものだとわかっております。導いてください、精霊さま！」

精霊は近づいてきたときと同じようにゆっくりと、重々しく歩を進めました。スクルージは精霊の衣服のすぐ後ろをついて行きました。そうすることで、自分はどこへでも連れて行ってもらえるだろうと考えたのです。

彼らが街のなかに入っていったとはとうてい思えませんでした。むしろ、街のほうが彼らのまわりに出現し、彼らを取り囲んだと思えたほどです。どちらにしても、彼らは街の中心部にいました。ロンドンの王立取引所の商人たちの間にいたのです。彼らは忙しく往来したり、ポケットのなかの小銭をジャラジャラいわせたり、何人かで集まって話をしたり、懐中時計を見たり、考えにふけりながら大きな金の印章をもてあそんだりしていました。スクルージがこれまでよく見ていた光景でした。

精霊は何人かの商売人たちがかたまって話をしているそばで立ち止まりました。スクルージは精霊の手が彼らのほうを指差しているのを見ると、歩み寄り、彼らの話に耳を傾けました。

「いや」大きなあごをした、太った男が言いました。「よくわからないんだ。わかっているのは、やつが死んだということだけだよ」

「いつ死んだんだい」もう一人の男が尋ねました。

「昨夜だと思うがね」

「いったい全体どうしたって言うんだい」第三の男が、大きなかぎタバコ入れからたくさんのかぎタバコを取り出しながら尋ねました。「そう簡単に死ぬようなやつじゃないと思ってたけどね」

「神のみぞ知るさ」最初の男が、あくびをしながら言いました。

「金はどうしたんだろう」赤ら顔の紳士が尋ねました。彼は七面鳥の肉垂《にくすい》のような大きないぼを鼻の先からぶら下げていました。

「会社の者にでも遺《のこ》したんだろう、たぶん」大きなあごをした男が、再びあくびをしながら言いました。「俺にではない。それだけは確かだ」

この冗談にみんなが笑いました。

「葬式代は安く済むだろうね」同じ人物が言いました。「俺の知る限り、やつの葬式に行くような殊勝な人間は一人もいないだろうから。人を集めて、みんなで参列してやるかね」

「昼飯が出るなら、行ってもいい」鼻にいぼのある紳士が言いました。「参列する代わりに、何か食わせてもらえるならね」

再び笑いが起きました。

「結局、君たちのうちで俺が一番関心が薄いようだな」最初の人物が言いました。「黒手袋をもらうつもりも、タダ飯を食うつもりもないからね。だが、ほかに誰か行くものがいれば、俺も行くとしよう。よく考えてみれば、俺がやつの一番の親友ではなかったとは言い切れないからね。会ったときには必ず立ち止まって、話をしていたわけだから。では、ごきげんよう」

話者と聞き手は、その場を歩いて立ち去り、それぞれ別の仲間と合流しました。スク

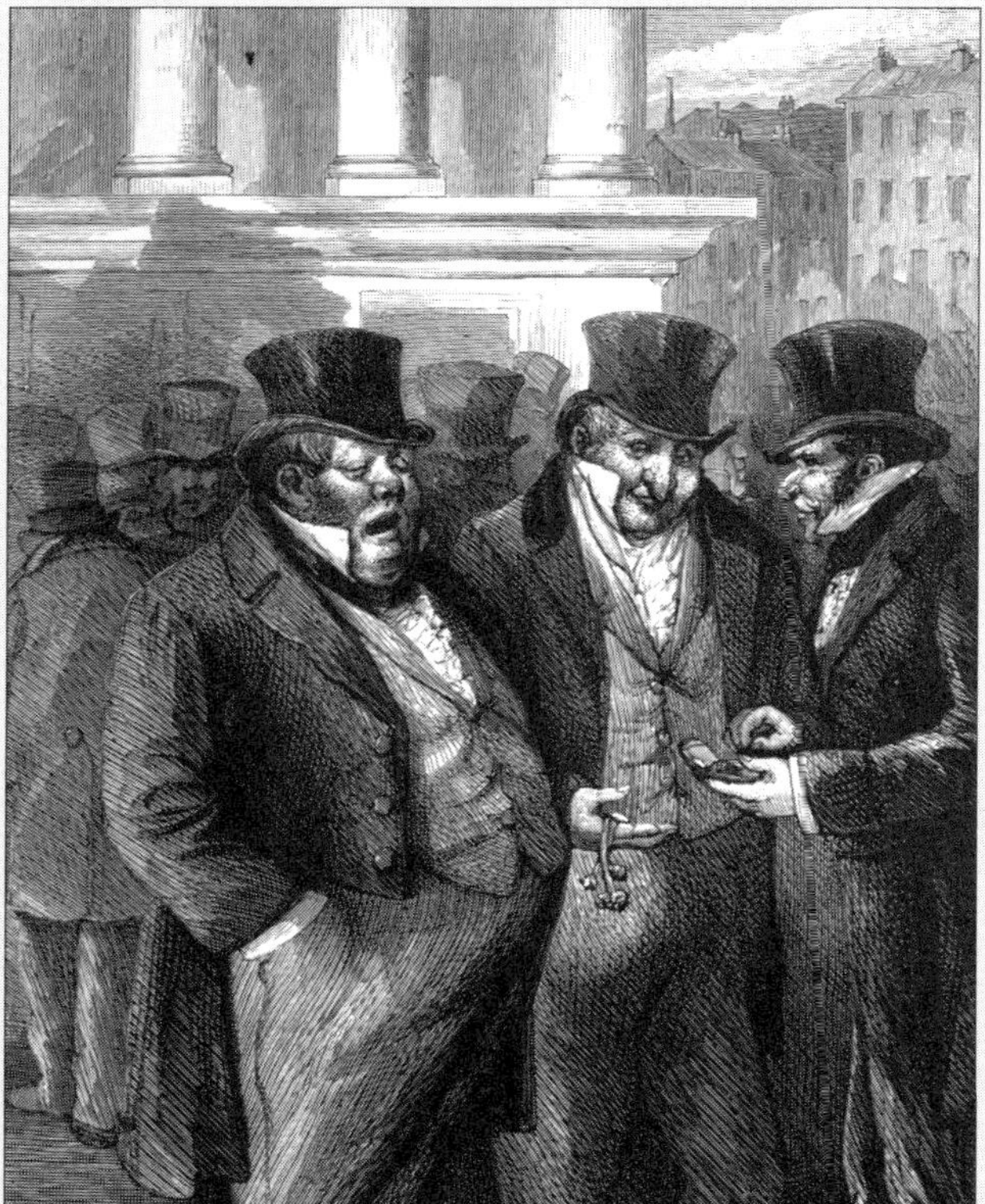

ルージは、この男たちを知っていました。そして、彼は説明を求めて精霊を見ました。精霊は滑るように進み、ある通りに出ました。精霊の指は、会って話をしている二人の人物に向けられました。スクルージは、その説明の鍵がここにあるかもしれないと思って、再び耳を傾けました。

スクルージは、この男たちのこともよく知っていました。彼らは実業家でした。大金持ちで、かなりの重要人物でした。スクルージは、彼らの評価において——つまり、仕事上の観点——純粋に仕事上の観点において——いつでも気に入られようと努めていました。

「ごきげんよう」一人が言いました。

「ごきげんよう」もう一人が答えました。

「とうとう」最初の人物が言いました。「悪魔に天罰が下ったってね」

「そうらしい」二番目の人物が答えました。「ひどく寒いじゃないか」

「クリスマスの季節にはふさわしいだろう。君はスケートはやるのかい？」

「まさか。そんな暇はないさ。さようなら」

この言葉がすべてでした。これが彼らの出会いであり、会話であり、別れだったのです。

スクルージは最初、精霊がこんなに些細《ささい》な、取るに足らない会話に重きを置くことに驚きましたが、何か別に隠れた意味があるに違いないと思い直して、それはいったい何なのか考えてみました。彼の共同経営者だったマーレイの死と関係があるとは思えませんでした。なぜなら、それは過去の出来事であり、この精霊が見せているのは未来だからです。この会話が当てはまる、マーレイ以外の直接の知り合いについても思い浮かべることはできませんでした。しかし、この会話が当てはまるのが誰であれ、自分のためになる教訓が含まれていると堅く信じていたので、彼は自分が聞き、見たことすべてを大切に心に留めようと決心しました。とくに自分自身の姿が現れたときには、注意深く観察するつもりでいました。彼は、未来の自分の行いが、見落していた手掛かりを彼に与え、これまでの謎の解決を容易にしてくれると期待していたからです。

スクルージはあたりを見まわして、取引所のなかに自分自身の姿を見つけようとしました。しかし、彼がいつも立っている場所には別の人物が立っており、彼がいつもこの場所に姿を現す時刻になっても、入り口から流れ込んでくるたくさんの群集のなかに彼自身の姿を見つけることはできませんでした。しかし、スクルージはそのことであまり驚きませんでした。彼は心のなかで新しい生活に思いをめぐらせていて、これは新しく生まれた決心が遂行された結果なのだと考え、またそう望んでもいたからです。

彼の傍らには黒ずくめの精霊が無言で立っていました。相変わらず、まっすぐに伸ばした片手だけが見えていました。思索から我に返ったスクルージは、精霊を見ましたが、彼自身に向けられた手の位置から、こちらからは見えない精霊の目がじっと自分を見つめているように感じました。彼はぞっとして、強い寒気を覚えました。

彼らはこのにぎやかな場所を離れ、人通りの少ない地区へと向かいました。スクルージは、それが位置する場所もその悪い評判も知っていましたが、今までこの地区に足を踏み入れたことはありませんでした。道は狭く汚く、店舗も住宅もうらぶれていました。路上にいる人たちは半裸でぼろをまとい、泥酔し、みすぼらしく、目を背けたくなるほど醜悪でした。小路《こうじ》やアーチ道はまるで汚水溜め同然で、不規則に延びたいくつもの道に悪臭やゴミや人間を吐き出していました。その地区全体に犯罪、汚物、不幸が充満していました。

この悪名高い地区の奥まった場所に、入り口が低く路上に突き出た、ひさし付きの一軒の店がありました。そこでは鉄くず、古着、ぼろきれ、瓶、骨、脂ぎった臓物などが売買されていました。店内の床のうえには、さびた鍵、釘、鎖、蝶番《ちょうつがい》、やすり、天秤、分銅、そのほかあらゆる種類の鉄くずが山と積まれていました。誰も詮索したくないような、いくつもの秘密が、見苦しい古着の山、腐敗した脂肪の塊、地下埋葬所のようなたくさんの骨のなかで生み出され、隠されていました。自分が取り扱うこれらの商品のなかに埋もれるように座り、古い煉瓦《れんが》でできた木炭ストーブにあたっていたのは、七〇歳くらいの白髪頭のやくざな老人でした。彼は、さまざまなぼろ布を紐のうえにかけてカビ臭いカーテンを作り、冷たい外気から身を守っていました。そして、楽隠居のように悠然とパイプを吹かしていました。

スクルージと精霊がこの男の前にやってくると、重たい包みを背負った一人の女がこそこそと店のなかに入ってきました。しかし、すぐにそのあとから同じように荷物を背負った別の女が入ってきました。しかも、そのあとからまたすぐに色あせた喪服を着た男が入ってきたのです。彼女たちが互いを見てとても驚いたのに負けず劣らず、喪服を着た男は彼女たちを見て驚きました。しばらく店主を含めた四人が顔を見合わせたあとで、三人は一斉に大声で笑い出しました。

「雑役婦《ざつえきふ》が一番目に決まってる！」最初に入ってきた女が言いました。

「洗濯女が二番目で、葬儀屋が三番目になるのが道理ってもんさ。いいかい、ジョー、これは偶然なんだよ！　示し合わせたわけでもないのに、三人がここで顔を合わせちまったんだからね！」

「ここなら安心ってもんよ」口からパイプを取り出して、ジョーが言いました。「さあ、入りな。お前さんとは古くからの馴染みだし、ほかの二人も知らぬ顔じゃあるまい。店の入り口のドアを閉めてくるから、待ってなよ。ちぇっ、キーキーうるさいったらありゃしねえ。この店にある金物のうちで店の蝶番が一番さびてやがる。それから、この店にある骨のうちで一番古いのが俺の骨さ。へっ、へっ、へ。俺らはみんなふさわしい仕事に就いて、適材適所というわけさ。さあ、客間に入りな。とにかく、客間だ」

客間とは、ぼろ布で仕切られた後ろの空間のことでした。老人は、階段用じゅうたん押さえの古い金棒を使って木炭ストーブの火を寄せ集めました。それから、パイプの柄を使って煙の出るランプの芯を整えると（時間帯は夜でした）、再びパイプを口のなかに戻しました。

その間に、最初に口を開いた女が床のうえに包みを投げ出すと、背のない椅子にわが物顔で腰かけました。膝のうえで腕を組み、ほかの二人を挑戦的ににらみつけています。

「何をそんなにビクビクしてるの。かまやしないよ、ディルバーの奥さん」さっきの女が言いました。「誰だって自分が一番大事なんだから。あの男もそうだったじゃないの！」

「確かにそうねえ」洗濯女が言いました。「あの人くらい自分勝手だった人はいないものねえ」

「だったら、突っ立ったまま、不安そうな目であたしを見るんじゃないよ。誰に知れるって言うんだい？　お互い詮索するつもりはないだろう？」

「もちろん！」ディルバーの奥さんともう一人の男が声を揃えて言いました。「そんなことは御免だね」

「それなら結構」最初の女が言いました。「問題なしだ。こんなものを取られて誰が困るって言うの。死人が困るって言うのかい」

「確かに、困らないわねえ」ディルバーの奥さんが笑いながら言いました。

「あのけちな因業《いんごう》じじいが」最初の女が続けました。「死んだあとでもブツを手放したくなかったら、どうして生きてる間に人並みに振舞わなかったんだい。そうしていりゃ、死神に襲われたときにも独りぼっちで息を引き取るんじゃなくて、誰か看取ってくれる人がいたはずだよ」

「いいこと言うじゃないの」ディルバーの奥さんが言いました。「天罰が下ったんだね」

「もうちょっと重たい天罰だったらよかったのにね」最初の女が答えました。「ほかにぶん取ってくるものがありゃ、間違いなく、そうなってましたよ。さあ、包みを開けて値段を教えておくれ。単刀直入に頼むよ。あたしが一番最初で、二人に中身を見られてもへっちゃらだからね。ここに来る前から自分のやっていることはちゃんとわかっているつもりさ。これは悪いことなんかじゃない。さあ、ジョー、包みを開けておくれ」

しかし、男たちの女性に対する慇懃《いんぎん》な態度がそれを許しませんでした。色あせた喪服を着た男が先陣を切って自分の略奪品を取り出しました。点数としてはささやかなものでした。一つか二つの印章、鉛筆入れ、一対のカフスボタン、あまり値打ちのない飾り留めピン、これで全部でした。それらは一つひとつ丁寧に調べられ、値踏みされました。ジョーは壁にチョークで一点一点の査定額を書いていき、最後の品が出終わったとわかると、それらの合計を出しました。

「さあ、これが勘定だ」ジョーが言いました。「たとえ釜茹でにされても、半シリングだって上乗せしねえからな。お次は誰だい？」

次はディルバーの奥さんの番でした。数枚のシーツやタオル、ちょっとした衣類、二本の古風な銀製のティースプーン、角砂糖ばさみ、そのほか二、三の戦利品でした。彼女の勘定も同じようなやり方で壁に記されました。

「ご婦人方にはつい甘くなっちまう。それが俺の欠点さ。女で身を滅ぼすってわけさ」ジョーが言いました。「これが勘定だ。もしお前さんがもう一ペニーでも上げてくれと言って決済を覆《くつがえ》す気なら、俺は気前がよかったことを後悔して半クラウン差し引くことにする」

「さあ、包みを開けておくれよ、ジョー」最初の女が言いました。

ジョーは包みを開けるためにひざまずくと、何重もの結び目を苦労してほどき、なかから大きくて重たくて黒っぽい物を取り出しました。

「何だこりゃ」ジョーが言いました。「ベッドのカーテンじゃないか！」

「そうだよ」女は笑いながら、腕を組んだ姿勢のまま身を乗り出して答えました。「ベッ

ドのカーテンさ」

「野郎がまだそこにいるってぇのに、輪っかごと引っ張り下ろしたんじゃあるまいな」

「もちろん、そうしたさ」女が答えました。「何が悪いんだい」

「お前さんは財産家になる運命だよ。そうなるに違いない」

「あたしはブツを目の前にして遠慮するつもりはないからね。それがあの男の供養にもなるってもんさ、ジョー」女は落ち着き払って答えました。「ほら、気をつけて、毛布のうえにランプの油が落ちちゃうよ」

「野郎の毛布かい?」ジョーが尋ねました。

「ほかに誰がいるって言うんだい。毛布がないからって風邪ひきゃしないよ」

「野郎は何かうつっちまう病気で死んだんじゃないだろうな。えっ?」ジョーは仕事の手を止めて、顔を上げて言いました。

「心配いらないよ。そうだったら、あたしだって近づくのは御免だよ。野郎のまわりをうろついて、そんなものを物色することもなかったさ。そう、それ! そのシャツは穴の開くほどよく見ておくれよ。と言っても、シャツには穴一つ開いてないし、擦り切れたところもないからね。それは野郎が持ってた一番上等なやつで、とってもいいものなんだからね。あたしがいなけりゃ、もったいないないところだったよ」

「もったいないとは何だい？」ジョーが尋ねました。

「死体に着せて土に埋めてしまうところだったってことさ」女が笑いながら答えました。「どっかの誰かがそんなばかなことをしようとしたんだが、あたしがひんむいてやったのさ。埋めるにはキャラコが一番だよ。死体にはキャラコがよく似合う、ってね。どの道、生きてたとき以上に醜くなることはあるまいよ」

スクルージは恐怖におののきながらこの会話を聞いていました。彼らは老人のランプの薄暗い明かりのなかで、自分たちの盗品を取り囲んでいました。スクルージは強い嫌悪と不快感を抱いてこの連中を見ていました。もし彼らが忌まわしい悪魔で、取引しているのが死体そのものだったとしても、これほどの悪感情は感じなかったかもしれません。

ジョーが金の入ったフランネル製の袋を取り出し、各人の取り分を声に出して数えながら地面に置いたとき、同じ女が笑って言いました。「ひっ、ひっ、ひ。これで万事終わり、い、い、さ！　生前みんなを怖がらせて遠ざけておいてくれたのは、死んでからあたしたちをひと儲けさせてくれるためだったというわけだね！　ひっ、ひっ、ひ」

「精霊さま！」スクルージは、全身で身震いして言いました。「わかりました。よくわかりました。この不幸な男がたどった道をわしもたどるところだったとおっしゃりたいのですね。わしの人生がそちらのほうに向かっていたと言いたいのでしょう。あれ、いったいどうしたんだ！」

突然場面が変わり、スクルージは、剝《む》き出しになった、カーテンのないベッドのそばに立っていました。彼は恐れおののいて、後ずさりしました。ベッドのうえには、ぼろ布に覆われたある物が載っていました。それは沈黙していましたが、その恐ろしい姿は自らが置かれた状況を物語っていました。

スクルージは、その部屋がどんな部屋なのか知りたいというひそかな衝動に駆られて、その部屋を見まわしました。しかし、部屋はとても暗く、細部は何も見えませんでした。窓の外からは、青白い月の光がまっすぐにベッドのうえを照らしていました。そして、そのベッドのうえには、誰からも看取られず、悲しまれず、弔《とむら》われない、身ぐるみはがれた男が横たわっていたのです。

スクルージは精霊を一瞥《いちべつ》しました。その手は、じっとその男の頭を指差しています。覆いはぞんざいにかぶせられていただけだったので、それをほんのちょっと持ち上げれば――スクルージが指一本動かしさえすれば――男の顔はあらわになったことでしょう。彼はそうすることについて考えました。それはとても簡単なことだと思い、実際にそうしてみたくなりました。しかし、彼には、覆いを取り去るだけの力が備わっていませんでした。それは、そばにいる精霊を立ち去らせるのと同じくらい難しいことだったのです。

冷たく、厳《いか》めしく、恐ろしい死神よ。ここでは汝《なんじ》の祭壇を建て、それを汝の思いのままに恐怖で飾るがよい。なぜならば、ここは汝の支配する領域だからだ。しかし、愛され、慕われ、敬《うやま》われた人の頭《こうべ》では、汝の恐ろしい目的のために髪の毛一本でも変えたり、顔の造作《ぞうさく》一つでも歪めたりすることは許されていないのだ。私が言いたいのは、その手が重たく、離すと落ちてしまうということでも、その心臓や脈が止まっているということでもない。その手がかつて開かれ、寛大で、高潔であったということ、その心がかつて勇敢で、暖かく、優しかったということ、その脈がかつて人間の生命力にあふれていたということなのだ。暗い影よ、立ち去るがよい。そして見よ、その人のかつての善行が再び芽吹き、この世に不滅の生命の種を蒔《ま》くのを！

こうした言葉を誰かが実際にスクルージの耳元で囁《ささや》いたわけではありませんでしたが、ベッドのうえを見つめていた彼はそれを聞いたような気がしました。彼は、もしこの男が死から蘇ったなら、一番最初に何を思うだろうと考えました。金銭、商売上の取り引き、生活の心配？　その結果がこれだというのに！

その男は、真っ暗な、がらんとした家に横たわっていました。そばには誰も――彼はこんなふうに私に親切にしてくれた、あのときあんな言葉をかけてくれたからこれから先も彼にたいして優しい気持ちでいられると話す男も、女も、子どもも――いませんでした。ただ聞こえてくるのは、一匹の猫がドアで爪をとぐ音、暖炉の炉石《ろいし》のしたでネズミたちが何かをかじっている音だけでした。このネズミたちは死の部屋に何の用があるというのでしょう。なぜ落ち着きなく動き回っているのでしょうか。スクルージには考えるだけの勇気がありませんでした。

「精霊さま！」スクルージは言いました。「ここは恐ろしい場所です。ここで学んだ教えは絶対に忘れません。ですから、もう行きましょう！」

それでもなお、精霊はその男の頭をじっと指差しています。

「あなたのおっしゃりたいことはわかります」スクルージは答えました。「できればそうしたいところですが、わしにはできません。わしにはそうするだけの力がないのですよ、精霊さま」

彼は精霊が再び自分をじっと見つめているような気がしました。

「この男の死によって心を動かされた人が、もしこの街にいれば」スクルージは苦悶の表情を浮かべて言いました。「その人をわしに見せてください、精霊さま。お願いします！」

精霊は、その黒い衣服を彼の目の前で一瞬、翼のように広げました。それがもとの位置に戻ったとき、日光に照らされた部屋が現れました。そこには母親と子どもたちがいました。

母親は不安と期待が入り交じった気持ちで誰かが来るのを待っていました。それは、彼女が部屋のなかを歩き回ったり、どんな物音にも敏感に反応したり、窓の外を見たり、時計を見て何度も時間を確認したり、針仕事をしようとしてできなかったり、子どもたちが遊ぶ声についイライラしてしまったりする様子から明らかでした。

ついに、待ち望んでいたノックの音が聞こえました。彼女は急いでドアを開け、夫を迎え入れました。彼はまだ若かったのですが、その顔はやつれ、打ちひしがれていました。しかし、今その表情には著しい変化が見られました。彼が恥ずかしく感じて、押し殺そうと努力している、喜びの表情が表れていたのです。

彼は、暖炉の火で温めてあった食事を取るために食卓に座りました。彼女が（しばらく沈黙が続いてから）「それでどうだったの？」とかすかな声で尋ねると、彼はどう答えてよいかわからず当惑している様子でした。

彼女は夫が答えやすいように「いい知らせ、それとも悪い知らせ？」と言いました。

「悪い知らせだよ」彼は答えました。

「私たちは完全におしまいなの？」

「いいや、まだ望みはあるんだよ、キャロライン」

「もしあの人が譲歩してくれたのだとしたら」彼女は驚いて言いました。「望みはあるわね！　そんな奇跡が起これば、どんな希望だって持てるわ」

「あの人は譲歩することすらできなくなったんだよ」夫は言いました。「彼は死んだんだ」

彼女は、その顔から読み取れるように、穏和で辛抱強い女性でした。しかし、この言葉を聞いて彼女は心のうちで神に感謝し、両手を握りしめて実際にそう言いました。そして、次の瞬間、許しを求めて祈り、そうしたことを後悔しました。しかし、最初の気持ちこそが彼女の本心でした。

「昨夜話しただろう、一週間の猶予《ゆうよ》が欲しくて彼に会いに行ったとき、酔っぱらいの女性が僕に言ったこと——僕を避けるためのただの口実だと思っていたこと——は、本当だったんだ。そのとき、あの人は重い病にかかっていただけじゃない。死の床にあったんだよ」

「私たちの借金は誰の手に移るのかしら？」

「わからない。だけど、それまでにはお金を用意できるかもしれない。もし無理だとしても、あの人くらい無慈悲な人が次の債権者になるというのは、よほどの不運というものだよ。少なくとも、今夜だけは安心して眠ることができそうだ、キャロライン」

そのとおりでした。彼らの気持ちは和らぎ、心は安らかになりました。黙って両親のまわりに集まり、ほとんど理解できない言葉を聞いていた子どもたちの顔も明るくなりました。この男の死のおかげで、家庭はより幸福になりました。精霊がスクルージに見せることができた、その男の死によって引き起こされた唯一の強い感情は、悲しみではなく喜びの感情だったのです。

「どうかわしに、死と愛情が結びついた関係も見せてください」スクルージは言いました。「そうでないと、精霊さま、さっきまでいたあの陰気な部屋が一生わしの脳裏から離れません」

精霊は彼を導いて、彼がよく知るいくつもの道を進みました。途中、彼は自分自身の姿を見つけようとあちこち見まわしましたが、彼の姿は見あたりませんでした。そして、彼らは貧しいボブ・クラチットの家に入りました。彼が一度訪れたことがある、あの同じ家です。母親と子どもたちが暖炉のまわりに座っているのが見えました。

静かでした。とても静かでした。あの騒々しいちっちゃなクラチットたちは、置物みたいにじっとして動かず、おとなしく座ってピーターの顔を見上げています。ピーターは聖書を前にして座っていました。母と娘たちは針仕事をしています。しかし、彼らは確かに、とても、とても静かでした！

『イエスは一人の子どもを呼びよせ、彼らの真ん中に立たせて言われた』‡54」

スクルージはどこでこの言葉を聞いたのでしょう。夢の中ではありません。彼と精霊が玄関の敷居をまたいだとき、ピーターがそれを声に出して読み上げたのです。少年はなぜ途中でやめてしまったのでしょうか。

母親は縫い物をテーブルのうえに置くと、目頭を押さえました。

「目が疲れちゃったわ」

あれは涙でしょうか。ああ、かわいそうなティム坊や！

「さあ、これでよくなった」クラチットの奥さんが言いました。「ロウソクの明かりで縫い物をすると目が疲れるわね。でも、お父さんが帰ってきたときに、絶対に疲れた目を見せちゃいけない。そろそろお父さんが帰ってくるころね」

「いつもより遅いよ」ピーターが本を閉じながら言いました。「ここ何日か歩くスピードが遅くなってるんじゃないかな、お母さん」

彼らは再び静かになりました。ようやく、彼女が落ち着いた明るい声で――途中一度だけつかえてしまいましたが――言いました。

「早駆けをしてたときのお父さん――ティム坊やを肩に乗せて、早駆けをしてたときのお父さん覚えてるわ」

「僕も覚えてるよ」ピーターが叫びました。「よくやってたよね」

「私も覚えてるわ」もう一人が言いました。みんなが覚えています。

「だけどティムはとっても軽くてねぇ」彼女は熱心に針仕事をしながら話を続けました。「お父さんはティムのことが大好きだったし、少しも大変じゃなかったのよ。あっ、お父さんが帰ってきたわ！」

彼女は急いで彼を玄関に出迎えました。長いマフラーをした小さなボブが入ってきました。お茶は暖炉内の横棚のうえに用意されていて、家族みんなが先を争うようにして彼にお茶を勧めました。それから、二人のちっちゃなクラチットが彼の両膝のうえに座ると、それぞれがお父さんの別々の頬に自分の頬を寄せました。まるで、「くよくよしちゃだめだよ、お父さん。悲しんでばかりいちゃだめだよ！」と言っているみたいでした。

ボブは家族に囲まれて元気になり、みんなに嬉しそうに話しかけました。彼はテーブルのうえに置かれた針仕事[‡55]を見て、クラチット夫人と娘たちの勤勉ぶりと仕事の速さをほめました。そして、日曜日までには終わりそうだね、と言いました。

「日曜日ですって！　じゃあ、今日、教会に行ってきてくれたのね、ロバート」妻が言いました。

「そうなんだ」ボブが答えました。「君も行けたらよかったんだけどね。緑がとてもきれいで君も安心したと思うよ。でも、まあ、いつでも行けるからね。日曜日には必ず来るからって約束したんだ。僕のちっちゃな、かわいい子！　僕の大切な子ども！」

ボブは大声でそう言うと突然泣き崩れました。どうしようもなかったのです。どうにかしようがあれば、ボブと子どもとの距離はおそらく今よりも遠いものだったはずです。

彼は部屋を出ると、階段を上って二階に行きました。二階の部屋は明るく照らされ、クリスマスの飾り付けがされていました。子どものそばには椅子が置かれていて、さっきまで誰かがそこにいた形跡がありました。かわいそうなボブはその椅子に腰を下ろしました。少し考えて、気持ちを落ち着かせると、小さな顔にキスをしました。彼は起こってしまったことに気持ちの折り合いをつけ、幸せな気持ちでまた一階に下りていきました。

彼らは暖炉のまわりに集まって話をしました。母親と娘たちは針仕事を続けました。ボ

ブはみんなに、それまでに一度しか会ったことがなかったスクルージさんの甥御さんの並外れた親切心について話して聞かせました。その日、彼はボブに道で偶然会って、ボブが少し――「ほんの少しだけだったんだけどね」とボブが言いました――沈んだ様子なのを見ると、何かお困りのようですが、どうかしましたかと尋ねてくれたのです。「彼はとても感じのよい話し方をする紳士だったので」ボブが言いました。「僕は起こったことを彼に話したんだ。『クラチットさん、心からお悔やみ申し上げます。あなたの心優しい奥様に対しても心からお悔やみ申し上げます』と彼は言ったんだ。ところで、彼はどうしてそのことを知っていたんだろう?」

「何を知っていたかですって?」

「君が心優しい奥様だってことだよ」

「そんなことは世間の常識さ!」ピーターが言いました。

「息子よ、よく言った!」ボブが叫びました。「そうでなくっちゃ。『あなたの心優しい奥様に対しても心からお悔やみ申し上げます』と彼は言ったんだ。『もし何かあなたのお役に立てることがありましたら』彼は私に名刺を差し出してそう言った。『ここが私の住所です。どうぞお越しください』。このことでとても嬉しかったのは、彼が僕たちのためにしてくれると言った何かのためではなく、こうした言葉をかけてくれた彼の親切な気持ちだったんだよ。本当に僕たちのティム坊やのことを知っていて、一緒に悲しんでくれているような気がしたよ」

「本当に優しい方なのね！」クラチット夫人が言いました。

「会って話をしたら、君も間違いなくそう思うはずだよ」ボブが答えました。「もしピーターに今よりもっとよい勤め口を紹介してくれたとしても、僕はあまり驚かないだろうね」

「よく聞いておくのよ、ピーター」クラチット夫人が言いました。

「それから、ピーターは生涯の伴侶を見つけて、自分の家庭を持つのよ」少女の一人が言いました。

「冗談はやめてくれよう」ピーターはニヤニヤしながら言い返しました。

「いつかそのうち、そうなるかもしれないよ」ボブは言いました。「そうなるにはまだ時間があるだろうけどね。だけど、いつか僕たちが離ればなれになるとしても、かわいそうなティム坊やのことは決して忘れないと思うよ。僕たち家族が経験した最初の別れだもの。そうだろう？」

「忘れませんとも、お父さん！」子どもたち全員が叫びました。

「そして僕はこう思うんだよ、お前たち」ボブは言いました。「とっても小さな子どもだったけど、あの子がどんなに我慢強く、穏やかだったかということを思い出したら、家族の間でけんかなんかできないよね。そんなことをしたら、ティム坊やが悲しむからね」

「しませんとも、お父さん！」子どもたち全員が叫びました。

「僕は本当に幸せな父親だよ」

クラチット夫人、娘たち、二人のちっちゃなクラチットが順番にボブにキスをしました。ピーターとボブは握手をしました。ティム坊やの子どもらしい善性は、神さまからの贈りものだったに違いありません！

「精霊さま」スクルージが言いました。「お別れの時間が近づいているような気がします。ですが、どうやって結末をつけられるのかわかりません。あの死んで横たわっていた男が誰なのか教えてください」

未来のクリスマスの精霊は、彼をもう一度商売人たちが集まる場所へと連れてきました。ただし、先ほどとは日にちが異なると彼は思いました（未来のクリスマスの精霊が見せる幻影は、それらが未来であるという点をのぞいては、順序がバラバラであるように思われました）。しかし、彼自身の姿を見せることはありませんでした。精霊はこの場所では留まらず、先ほどの求めに応じた目的地に向かうかのように進み続けました。しばらく行くと、スクルージはちょっと待ってくださいと言いました。

「今わしらが急いでいるこの路地は、わしの仕事場がある場所で、ずいぶん通い慣れた場所です。あそこに商会が見えます。未来のわしがどうなっているか見てもいいでしょうか」

精霊は立ち止まりましたが、その指は別の方向を指していました。

「商会は向こうです。どうして別の場所を指し示されるのですか？」

頑《かたく》なな指は、まったく動きませんでした。

スクルージは自分の事務所の窓に駆け寄り、なかを見ました。それは事務所のままでしたが、彼のものではありませんでした。家具は入れ替えられ、椅子に座っている人物も彼ではありませんでした。精霊は、変わらず別の方向を指差していました。

彼は再び精霊に伴い、自分はなぜここにいないのか、どこに行ってしまったのかと訝《いぶか》りながら、精霊のあとについて行きました。鉄製の門扉《もんぴ》の前まで来ると、彼は立ち止まってあたりを見まわしました。

そこは墓地でした。この地面の下に、スクルージがこれからその名前を知ることになる、あの哀れな男の亡骸《なきがら》が横たわっているのです。これはまさしくその人物にふさわしい場所でした。四方を家々に囲まれ、雑草――ほかの植物の生命を育てるのではなく、奪っていく雑草――がはびこり、地面は多くの埋葬で腹が一杯といった様子で膨れ上がっていました。あの男の最後としては、いかにもふさわしい場所でした！

精霊は墓の間に立ち、一つの墓石を指差しました。彼は震えながら、そちらのほうに向かいました。精霊の姿はこれまでとまったく同じだったのですが、彼はその厳粛な姿に新しい意味を見いだしたような気がして、とても恐ろしくなりました。

「あなたさまが指差すその墓石に近づく前に、一つだけ答えてください」スクルージが言いました。「これまでに見てきた幻影は、絶対にそうなるという未来の姿なのでしょうか、それとも、そうなるかもしれないという、たんなる警告にすぎないのでしょうか」

精霊はじっとして動かず、一つの墓石のそばに立って、その石を指差しています。

「人の行く末は現在のなかに読み取れるもので、生き方を変えなければ、そのとおりに進んでいくものでしょう」スクルージは言いました。「しかし、生き方を変えれば、その行く末も変わるのではないでしょうか。あなたさまがわしにお見せになった幻もそうだとおっしゃってください！」

精霊は不動のまま墓石を指差しています。

スクルージは、わなわなと震えながら、這《は》うようにしてその石に近づきました。そして、その誰からも見捨てられた石のうえを指でたどると、その石に刻まれていたのは、『エ・ベ・ニー・ザー・ス・ク・ルー・ジ』――彼自身の名前でした。

「あのベッドで横たわっていたのはわしだったのですか」彼は膝をついて叫びました。

精霊の指は墓石から彼へ、彼から墓石へと往復しました。

「待ってください、精霊さま！　困ります！」

指は変わらず墓石を指しています。

「精霊さま！」彼は精霊の衣服を堅く握りしめ、叫びました。「わしの言うことを聞いてください！　わしは生まれかわりました。わしはもう以前のわしとは違うんです。精霊さまのおかげなんです。もし望みがまったくないなら、どうしてわしにこんな光景をお見せになるのですか」

初めて、精霊の手が揺れたように見えました。

「精霊さま」彼は精霊の前にひれ伏すと、続けて言いました。「わしのために取りなして、憐れみをかけてくださるのがあなたさまの本心なのですね。生まれかわることによって、あなたさまがお見せになった幻を変えることができると、どうかおっしゃってください」

精霊の親切な手が震えました。

「心のなかでクリスマスを大切にします。一年中その気持ちを持ち続けます。わしは過去と、現在と、未来のなかに生きます。三人のクリスマスの精霊さまはわしのなかで生き続けます。その教えは決して忘れません。ですから、精霊さま、この石のうえに刻まれた文字を消すことができるとおっしゃってください！」

藁《わら》にもすがる思いで、彼は精霊の手をつかみました。精霊は彼の手を振りほどこうとしましたが、必死で嘆願する彼の力は強く、簡単には離れませんでした。しかし、精霊の力のほうが勝っていたので、彼の手はついに振り払われました。

彼は両手を上げて、どうか自分の運命を変えてくださいと、最後の祈りを捧げました。すると、彼は精霊に何か異変が起こったことに気づきました。精霊の姿は、見る見るうちに縮まり、崩れ落ち、小さくなって、ベッドの柱になったのです。

STAVE

V

これで万事終わり

THE END OF IT

そうです！　自分のベッドの柱です。ベッドも自分のベッドなら、部屋も自分の部屋でした。そして、一番よくて、何よりも幸せなことには、彼の前には時間が――自分自身の人生の時間があって、今までの償いができるのです！

「わしは過去と、現在と、未来のなかに生きます！　三人のクリスマスの精霊さまはわしのなかで生き続けます」スクルージはベッドから飛び出ると、前に述べた言葉をそのまま繰り返して言いました。「ああ、ジェイコブ・マーレイ！　神さまとクリスマスの季節に感謝します。ひざまずいて言うよ、ジェイコブ、そうするとも！」

彼の心は躍《おど》り、善意に満ちあふれていたので、彼のとぎれとぎれの声では喜びをじゅうぶんに表すことはできませんでした。精霊と揉み合ったとき、彼は大泣きしていたため、顔は涙でぬれていました。

「引き下ろされていないぞ」スクルージはベッドのカーテンの一つを両腕で抱きしめながら叫びました。「輪っかもすべてそのままだ。カーテンはここにある。わしはここにいる。そうなるかもしれなかった未来の幻影は追い払われたのかもしれない。いや必ず追い払うんだ。そうするとも！」

しばらくの間、彼は衣服と格闘していました。裏返しにしたり、上下あべこべに着たり、破れそうなくらい引っ張ったり、間違って身につけたり、衣服を使ってありとあらゆる突飛な行動をしていました。

「何をしていいかわからない！」スクルージは笑うと同時に泣きながら叫びました。彼は古代ギリシアのラオコーン像[‡56]よろしく、自分の二足の長靴下と格闘していました。

「わしは羽根みたいにふわふわ、天使みたいにるんるん、少年みたいにわくわく、おまけに酔っぱらいみたいにくらくらする。世界中のみなさん、メリー・クリスマス！　それから新年おめでとう。やっほっほー。万歳。やっほー」

彼ははしゃいで飛び跳ね、寝室を出て居間に行きました。息が完全に上がっていたので、そこで一息つきました。

「お粥が入っていた小鍋だ！」スクルージはそう叫ぶと、また動き始め、暖炉のまわりを軽快に跳ね回りました。「ジェイコブ・マーレイの幽霊が入ってきたドアだ！　現在のクリスマスの精霊が座っていた部屋の隅っこだ！　さまよう幽霊たちを見た窓だ！　すべてあって、すべて本当で、すべて起こったことなんだ。はっ、はっ、は！」

ずいぶん長い間、笑いの練習を怠っていた者にしては、それは素晴らしい笑い、傑出した笑いとも言うべきものでした。輝かしい笑いの歴史のなかで聖列に加えられるほどの笑いでした！

「今日が何日かわからない！」スクルージは言いました。「どれだけの間、精霊たちと交わっていたのかわからない。何もわからない。まるで赤ん坊だ。それでいいんだ。気にしなくていい。わしは赤ん坊のように生まれかわったんだ。やっほー。万歳。やっほっほー」

喜びで我を忘れていた彼は、今までに聞いたこともないような楽しげな教会の鐘の音を聞いて我に返りました。クラッシュ、クラング、ハマー、ディン、ドン、ベル。ベル、ドン、ディン、ハマー、クラング、クラッシュ！　ああ、なんと輝かしく、神々しいことでしょう！

走って窓のところに行くと、窓を開け、頭を突き出しました。霧も出ていません。もやもかかっていません。澄んだ、明るい、気持ちのよい、爽やかな、冷たい朝でした。笛に合わせて思わず踊りたくなるような冷たさです。黄金に輝く太陽の光、この世のものとは思えない美しい空、美味しい新鮮な空気、陽気な鐘の音。ああ、なんと輝かしく、神々しいことでしょう！

「今日は何日だい」スクルージは、日曜日の礼服を着た少年に向かって叫びました。おそらく彼は道草を食ってこの敷地に迷い込んだのでしょう。

「なに？」少年は驚いて不思議そうに答えました。

「今日は何日だい、少年」

「今日だって？　クリスマスに決まってるじゃん」

「クリスマスか！」スクルージは自分自身に言いました。「ありがたい。精霊たちはすべてを一晩でやってしまったんだな。精霊たちのお望みどおりだ。もちろん、できるさ。できるに決まってる。おーい、少年！」

「なーに！」

「隣の隣の通りにある鳥肉屋を知ってるかい。角のところにある」

「うん。知ってるよ」

「賢い子だなあ！　素晴らしい子だ！」スクルージは言いました。「確か一等賞を取った七面鳥が飾ってあって、売りに出されてたと思うんだけど、知ってるかい。小さいやつじゃなくて、大きいやつ」

「ああ、僕ぐらい大きいやつ」

「愉快な子だなあ！　話をするのがとても楽しい。そうだよ、若いの」

「さっきもぶら下がってたよ」

「そう？　じゃあ、買ってきてくれないかな」

「冗談言ってらあ！」少年はびっくりして言いました。

「いや、ほんと、大真面目なんだよ。行ってね、ここまで持ってくるように言ってくれないかな。そしたら、配達先を教えるから。お店の人を連れてきてくれたら、お礼に一シリングあげるよ。五分以内に戻ってきたら、ご褒美に半クラウンあげよう」

少年は弾丸みたいに走っていきました。その速さから判断すると、彼はいつでも急発進できるように、つねに引き金に指をかけていたに違いありません。

「ボブ・クラチットの一家に贈ってやろう！　贈り主は内緒にして」スクルージは嬉しそうにもみ手をしてそうつぶやくと、腹を抱えて笑いました。「ティム坊やの倍くらいある七面鳥。たとえジョー・ミラー‡[57]だって、こんなに楽しいジョークは思いつかないだろう！」

　紙のうえにボブ・クラチットの住所を書く手は興奮して震えていましたが、なんとか書き上げました。そして、鳥肉屋の店の者を出迎えるために階段を下り、一階の玄関のドアを開けました。そこで鳥肉屋を待っていると、ドアのノッカーが目に入りました。

「このノッカーがとても気に入った！」スクルージは、片手でノッカーを軽くたたきながら叫びました。「以前は気にも留めていなかったが、正直そうな、いい顔をしているじゃないか。素晴らしいノッカーだ！　やあ、七面鳥が来たぞ。やっほー。万歳。こんにちは。メリー・クリスマス！」

　それは見事な七面鳥でした！　この鳥が自分の足だけで、こんなに大きな体を支えていたとはとうてい思えません。両足が封蝋《ふうろう》みたいにポキッと折れてしまったとしても、不思議ではなかったでしょう。

「それをキャムデン・タウンまで人の手で運んでいくのは不可能だ」スクルージは言いました。「辻馬車を呼ばないといけない」

スクルージは、くすくす笑いながらそう言い、くすくす笑いながら七面鳥の料金を払い、くすくす笑いながら辻馬車の料金を渡し、くすくす笑いながら少年にお駄賃を渡しました。これに勝るくすくす笑いといえば、息も切れ切れに再び椅子に腰を下ろし、ついには感極まって泣いてしまったくすくす笑いをおいてほかにありませんでした。

手の震えがずっと止まらなかったので、ひげを剃るのは楽な仕事ではありませんでした。カミソリを使うときには——たとえひげ剃り中にダンスをするわけではなくても——注意が必要です。しかし、鼻先をちょっぴり切り落としてしまったとしても、彼はばんそうこうを鼻に貼って、とても満足そうにしていたことでしょう。

彼は一番の晴れ着に着がえ、ついに街へと出かけました。現在のクリスマスの精霊と一緒に見たように、この時刻になると人々が街に繰り出していました。後ろ手に歩きながら、スクルージは、うれしそうな顔をして、道ゆく人々の顔を眺めました。彼の笑顔がたまらなく魅力的だったので、三、四人の気さくな人たちが、つられて、「おはようございます！　クリスマスおめでとう！」と挨拶しました。のちにスクルージがよく人に語ったように、この時聞いた挨拶の声ほど彼の心を浮き立たせてくれた音の響きはほかになかったのです。

そうして歩いていると間もなく、彼は自分のほうに近づいてくる恰幅《かっぷく》のよい紳士を見かけました。前の日に彼の事務所に足を踏み入れ、「スクルージ＆マーレイ商会さんですね」と言ったあの紳士です。紳士が自分に会ったとき、どんな顔をして自分を見るだろうと考えると、心が痛みましたが、彼には自分の取るべきまっすぐな進路が見えていたので、その道を進みました。

「こんにちは」スクルージは歩調を速め、両手でその紳士の手を取って言いました。「ご機嫌いかがですか。昨日は好い結果が得られましたか。とても親切なお方だ。あなたにもクリスマスおめでとう」

「スクルージさん、ですか？」

「そうです。それがわしの名前です。おそらく、あまり愉快な響きではないでしょうね。昨日のことはお詫び申し上げます。よろしければ――」ここでスクルージは彼に耳打ちしました。

「なんですって！」紳士は息を呑んで叫びました。「スクルージさん、本気なんですか？」

「お願いします。四分の一ペニーだって負けませんよ。これまでずいぶん滞納してきた未払金込みの金額です。わしのために一肌脱いでいただけますかな」

「スクルージさん」紳士は彼と握手しながら言いました。「なんと申し上げてよいやら。あなたの気前の――」

「どうぞ何もおっしゃらないでください」スクルージは答えました。「またわしに会いに来てくださいますかな。今後ともお付き合いくださいますか」

「もちろんですとも！」紳士は叫びました。彼がそうするつもりでいることは明らかでした。

「ありがとう。心から感謝します。何度でもありがとう。では、ごきげんよう」

彼は教会に行き、街路をぶらぶら歩き、人々が急ぎ足で行き来するのを眺め、子どもたちの頭をなでて、物乞いの話を聞き、通りすがりに家々の地下の台所を見下ろし、地上の窓を見上げました。こうしたすべてのことが彼に喜びを与えました。ただ散歩を――何かを――するだけでこんなに幸せな気持ちになれるとは思ってもみませんでした。午後になると、彼は甥の家に足を向けました。

勇気を出して玄関のドアをノックするまでに、彼は十数回もドアの前を行ったり来たりしました。しかし、ついに意を決すると、それをやり遂げました。

「ご主人はご在宅かな、お嬢さん」スクルージは若い女中に言いました。感じのいい子だ！　とっても。

「はい、いらっしゃいます」

「どちらにおられるのかな、お嬢さん」

「食堂にいらっしゃいます。奥様とご一緒です。お二階の応接間にご案内いたしましょうか」

「ありがとう。わしらは親戚なのでね」もうすでに食堂のドアの取っ手に手をかけながら、スクルージが言いました。「入らせてもらいますよ、お嬢さん」

彼は優しく取っ手を回し、ドアの背後から顔を出しました。夫婦はテーブル（多くの食器が並べられた食卓）を点検していました。客人をもてなす若い主人たちはいつでもこうした点に気を配り、すべてを準備万端整えたいと思っているものなのです。

「フレッド！」スクルージは言いました。

スクルージの義理の姪の驚きようといったら！　彼はこのとき、部屋の隅の椅子に座っていた彼女の存在をすっかり忘れていました。もし覚えていれば、絶対にそんな大声は出さなかったでしょう。

「ああ、ビックリした！」フレッドが叫びました。「どなたです」

「わしだよ。スクルーーージおじさんだ。食事をしにきたんだ。入ってもいいかな、フレッド」

どうぞ、どうぞ入ってください！　甥があんまり強く何度も握手を求めるので、スクルージの腕が抜けてしまわないのが不思議なくらいでした。五分もすれば、スクルージはくつろぐことができました。これほど心のこもったもてなしは、そうあるものではありません。スクルージの姪も、あのときとまったく同じでした。トッパーがやってくると、彼もまったく同じでした。ぽっちゃりとした妹がやってくると、彼女もまったく同じでした。皆が皆あのときとまったく同じだったのです。素晴らしいパーティー、素晴らしい遊び、素晴らしい友愛、ス・バ・ラ・シ・イ、幸せ！

それでも、スクルージは翌朝早く事務所に出かけました。早くからそこにいて待っていました。ボブ・クラチットよりも先にいて、彼が遅れてくるところをつかまえたかったのです！　そうしようと心に決めていました。

そしてそのとおりになりました！　時計が九時を告げても、ボブは来ません。一五分過ぎても、ボブは来ません。ボブは、いつもの決められた時間よりも一八分三〇秒も遅れてやってきました。スクルージは、彼が小部屋に入ってくるのがよく見えるように、自分の部屋のドアを開けっ放しにして座っていました。

ボブは事務所に入ってくる前から帽子を脱ぎ、マフラーも取り、すぐさま椅子に座ると、九時に追いつこうとでもするように必死にペンを動かしました。

「おやおや！」スクルージは、できるだけいつもの声に似せて、うなるように言いました。「こんなに遅れてくるなんていったいどういうことなんだ」

「たいへん申し訳ありません。遅れました」

「そうか、遅れたか」スクルージは相手の言葉を繰り返しました。「非を認めるんだな。じゃあ、こっちに来なさい」

「一年に一度のことです」ボブは小部屋から出てきながら訴えるように言いました。「もう二度とありませんので。昨日はちょっとハメをはずしてしまいまして」

「いいか、わしが今から言うことをよく聞くんだ」スクルージは言いました。「わしは、もうこういったことには我慢がならない。であるからして――」スクルージはそう言うと椅子から跳び上がり、ボブの胸を指でぐいとつきました。おかげでボブは後ろによろめいて、もといた小部屋に舞い戻りました。「であるからして、お前さんの給料を上げることにする！」

　ボブは恐ろしくなって震えました。相手が跳びかかってきたときの用心に、ちょっと簿記棒のほうに近寄りました。彼はこの棒でスクルージを打ち倒し、羽交い締めにして、路地にいる人たちに助けと拘束服を求めて叫ぶべきかどうか、一瞬迷いました。

「クリスマスおめでとう、ボブ！」スクルージはボブの背中をたたきながら、真面目な口調でこう言いましたので、もはや誤解の余地はありませんでした。「クリスマスおめでとう、ボブ、今までの分をまとめて言わせてもらうよ！　君の給料を上げよう。そして、生活苦と闘っている君の家族を援助させてほしい。さっそく今日の午後、スモーキング・ビショップ‡[58]でも飲みながら、そういった事柄について協議しようじゃないか、ボブ！

暖炉に石炭をくべよう。そして、仕事にとりかかる前に、自分用の石炭入れを買ってくるんだ、ボブ・クラチット！」

スクルージは約束をぜんぶ守りました。言ったことをすべて実行したばかりでなく、それ以上のことをしました。命が助かったティム坊やに対しては、彼は第二の父親になりました。彼は、この古き善きロンドンが、いいえ、この古き善き世界のすべての都市や町や区が知っているような、善き友人、善き主人、善き人となりました。なかには、彼がすっかり変わってしまったのを見て、笑う人もいましたが、彼はどうぞ笑ってくださいと、あまり気にしませんでした。この世では何でも善いことが最初におこなわれたときには、人からたっぷり笑われるのが常であると彼は知っていたからです。また、笑う人たちは何も見えていないわけですから、意地悪なニタニタ笑いで目が細くなってしまったとしても何の不思議もないと考えていました。彼自身の心がすでに笑っていたのですから、彼にとってはそれでよかったのです。

それからのち、スクルージが精霊たちのお世話になることはありませんでした[‡59]。彼はいつも人からこう言われていました。もしこの世の中にクリスマスの本当の祝い方を知っている者がいるとすれば、それはスクルージさんである、と。私たちも、私たちみんなが人からそう言われるようになりましょう！　そして、あのクリスマスの晩、ティム坊やが言ったように、僕たち一人ひとりに神さまの祝福がありますように！

終わり

訳注

† 『クリスマス・キャロル』(正式なタイトルは『散文によるクリスマス・キャロル』)では、「章」(chapter)の代わりに、詩歌・楽曲などの一区切りを表す「節」(stave)が用いられている。

1　シェイクスピア『ハムレット』一幕一場および四〜五場。

2　一シリング＝二〇分の一ポンド＝一二ペンス(一九七一年からは一ポンド＝一〇〇ペンスで、シリングは使われていない)。この事務員(ボブ・クラチット)の家庭は、年収五〇ポンド未満の貧困層に属する。

3　ベツレヘム精神病院。ロンドンにあったイギリス最古の精神病院。

4　債務者監獄(債務を支払うことができない者を収容するための監獄)を含む。一八二四年、ディケンズの父親は借金未払いのためこうした監獄の一つ(マーシャルシー監獄)に約三ヵ月間収監された。

5　貧民救助法(救貧法)に基づいて貧民を収容した教区(連合)の施設。ディケンズは、一八三四年に制定・実施された新救貧法の非人道性(「劣等処遇の原則」)を小説『オリヴァー・トゥイスト』(一八三七〜三九)で告発した。

6　昔、監獄で懲罰として囚人に踏ませた踏み車。一八一七年、イギリスの技師ウィリアム・キュービットが考案した。

7　マルサス(一七六六〜一八三四)の『人口論』(一七九八)の言葉。人口を扶養するに足る食糧供給量以上に増加した人口。

8　一八一二年、ロンドンで世界初のガス(石炭ガス)事業が開始された。当時、ガスは街灯の照明として用いられた。

9　ロンドン市長の公邸。端正厳格なパラディオ様式のデザイン（一七三九～五二）で、内部には主要な行事が執りおこなわれるエジプシャン・ホールがある。

10　聖ダンスタン（九二四～九八八）。イングランドの聖職者、鍛冶屋と金細工職人の守護聖人。悪魔に誘惑されたとき、火にくべて先を熱したやっとこでその鼻をつまんで退治したという伝説を持つ。

11　半クラウン銀貨（二シリング六ペンス）。日給半クラウンで、週給一五シリング（半クラウン×6）なのだとわかる。

12　ロンドンの北西にある地名で、ディケンズが少年時代を過ごした場所。ディケンズ一家は一八二二～二三年まで、当時はまだロンドンの郊外だったキャムデン・タウンに住んでいた。

13　旧約聖書の「創世記」第四章に登場する兄弟。アダムとイブの子で、兄は嫉妬心から弟を殺した。

14　旧約聖書の「出エジプト記」第二章に登場するファラオ（古代エジプト王の称号）の王女。ナイル河畔に捨てられていた赤ん坊のモーセを助けた。

15　旧約聖書の「列王紀上」第一〇章に登場する女王。イスラエルのソロモン王の知恵を試しに訪れた。

16　旧約聖書の「創世記」第二二～二五章に登場する人物で、ユダヤ人の始祖。神の命に従い、息子イサクを燔祭《はんさい》に献げようとした。

17　旧約聖書の「ダニエル書」第五章に登場する新バビロニア最後の王ナボニドスの子。酒宴を開いていると、突然手が現れて壁に彼の運命を示す文字を書いたという。

18　新約聖書の「マタイ福音書」第一四章二二節か。イエスの布教活動のほとんどはガリラヤ湖周辺でおこなわれた。

19　旧約聖書の「出エジプト記」第七章に登場するモーセの兄アロンが奇跡をおこなった杖。「アロンが自分の杖をファラオとその家臣たちの前に投げると、杖は蛇になった。（……）エジプトの魔術師もまた、秘術を用いて同じことを行った。それぞれ自分の杖を投げると、蛇になったが、アロンの杖は彼らの杖をのみ込んだ」（新共同訳、一〇～一二節）。

20　遺体の口を閉じさせるために巻いた包帯。ジョン・エヴァレット・ミレー（一八二九～九六）によるディケンズの臨終後のスケッチ画からは、ディケンズ自身もこのような処置を受けたことがわかる。

21　新約聖書の「マタイ福音書」第二章九～一〇節。

22　ヨーロッパケナガイタチの家畜品種で、ウサギやネズミを巣穴から追い出すのに用いた。

23　暗闇でも時刻がわかる二度打ち時計。ばねを押すと最新の時刻を（おもに一五分刻みで）繰り返し打って知らせた。

24　一八三〇年代、アメリカの多くの州は鉄道や運河などを建設するために巨額の公債を発行したが、一八三七年恐慌などの影響を受け、いくつもの州が債務不履行に陥った。イギリスの投資家達の間で合衆国州債の信用は失墜した。

25　古代ギリシア・ローマの男女が用いた首からかぶるシンプルな衣服（内的自己の象徴）。二〇世紀初頭まで、欧米の幼児期の男の子が、ズボン着用以前に、スカート状の衣服を身につけることは一般的だった。アイティンジは過去のクリスマスの精霊をスカートをはいた男の子として描いている。

26　一頭立て軽装無蓋二輪馬車。

27　「アリ・ババと四〇人の盗賊の物語」の主人公。『アラビアンナイト』（千一夜物語）のなかの一編。

28　「ヴァレンタインとオーソン」。フランスの古いロマンス。宮廷で育てられ騎士になったヴァレンタインと、熊に連れ去られて野蛮な人間になったオーソンの双子の兄弟の物語。

29　「大臣ヌーレディンとその兄大臣シャムセディンとハサン・バドレディンの物語」の主人公ハサン・バドレディン。『アラビアンナイト』（千一夜物語）のなかの一編。兄シャムセディンの娘セット・エル・ホスンと弟ヌーレディンの息子ハサンが魔神たち〈ジン〉の助力によって結ばれる話。魔神たちは、セット・エル・ホスンと一夜をともにした眠っているハサンをカイロからバスラまで運ぼうとするが、途中ダマスカスの町の城門の外に置き去りにする。馬丁《ばてい》は、セット・エル・ホスンとの結婚を断られたスルタン〈帝王〉が腹いせに結婚させようとして用意した花婿。

30　ダニエル・デフォーの小説『ロビンソン・クルーソー』（一七一九）の登場人物で、クルーソーが漂着した無人島で捕虜として殺されそうになっていた原住民。クルーソーが彼を助けた日が金曜日だったので「フライデー」と名付けた。

31　一九世紀に隆盛した疑似科学「骨相学」によれば、脳は精神活動に対応する複数の〈器官〉の集合体であり、頭蓋の形状から脳の各部分の発達の度合いを知ることができると考えられていた。「額のてっぺん」は「善意」の〈器官〉が位置する場所。

32　焦がした麦芽を使った黒ビール。ロンドンのポーター〈荷役運搬人〉が好んで飲んだのが名前の由来とされる。栄養補給効果もあった。

33　軽い罰ゲームを伴った言葉遊び・クイズなどの室内ゲーム。一四〇頁を参照。

34　ワインに湯、砂糖、ナツメグ、レモンを加えた飲み物。最初にそれを作ったイギリスの陸軍大佐（一七三二年没）の名より。

35　ミンスミート〈干しぶどう、クルミ、オレンジピール、リンゴなどを刻んで、砂糖、香辛料、スエットなどを混ぜたもの〈かつてはひき肉を入れたのでそう呼ばれる〉〉入りのパイ。クリスマスの伝統的な菓子。

36　男女が二列に向かい合って踊るイギリスのカントリーダンスの一種。端と端の男女が対角線上で交わり、軽快な音楽に合わせて踊るのを特徴とする。

37　ウィリアム・ワーズワースの詩「三月に記す」（一八〇二）。「牛は草を食み／頭をもたげず／四〇は一頭のよう！」

38　硬貨を標的に一番近く投げた者がすべての硬貨を集めて空中に投げ、表の出たものを取る賭博ゲーム。

39　一九世紀に広く信じられていた「人体自然発火現象」（人体が何らかの原因〔たとえばアルコールの大量摂取など〕で発火する現象）。ディケンズは小説『荒涼館』（一八五二〜五三）で、この現象をがらくた商クルックの死因にした。

40　クリスマスの日から一二日目の十二夜に食べるケーキで、今日のクリスマス・ケーキの起源とされている。

41　ギリシア神話で、幼いゼウスに授乳したと伝えられるヤギの角。その角からは望むままに食べ物、飲み物、果物、花などがあふれ出たといわれ、物の豊かさを象徴する。

42　ヤドリギの下にいる異性にはキスしてもよいという古くからあるクリスマスの習慣。

43　ノーフォーク州産の深紅色の料理用リンゴ。少し焼いてから皿形に圧縮して固め、砂糖やシナモンを振りかける。

44　シェイクスピア『オセロ』一幕一場。イアーゴーの台詞「内心の思いが／外面に表れるべきものなら／自分の心臓をとりだしてそでにかけ／カラスにつつかせるようなものだ」より。

45　パン屋は日曜日やクリスマスなどの安息日にパンを焼くことができなかったため、かまどを安く一般（かまどを持たない貧しい人たち）に開放した。

46　アンドルー・アグニュー卿が一八三二〜三七年にかけて数回にわたり下院に提出した「日曜日遵守法案」。宗教的理由から日曜日の労働と娯楽を極度に制限するもので、ディケンズはティモシー・スパークスの筆名で政治的パンフレット『日曜三題』（一八三六）を書き、これに応戦した。

47　〈ボブ〉はシリングの俗称。

48　コーンウォール（州）に点在するムーア（荒地）。コーンウォールの先端にはイングランド最西端となるランズ・エンド（地の果て）岬がある。ディケンズは『クリスマス・キャロル』執筆の一年前に鉱山での児童労働の実態を視察する目的でこの地を訪れた。

49　水割りのラム酒。もと海員用語。一七四〇年にラム酒を希釈して飲むことを推奨したイギリス海軍提督エドワード・バーノンのあだ名（「オールド・グロッグ」）に由来する。

50　酢に樟脳《しょうのう》などの香りを溶かしたかぎ薬。

51　ロンドンのイーストエンドの一地区で、針の有名な生産地。当時はスラムとして悪名高かった。

52　熊（bear）は、非常に不機嫌で気難しい人の喩《たと》えに使われる動物。

53　砂糖や香辛料などを加えて温めたワイン。

54　新約聖書の「マルコ福音書」第九章三六節（「マタイ福音書」第一八章二節）。

55　ティムのお葬式用の喪服・喪章を用意している。

56　「ラオコーン像」は、バチカン（ピオ・クレメンティーノ）美術館にある大理石製の古代ギリシア彫像（一五〇六年発掘）。ギリシア神話のトロイアの神官ラオコーンとその二人の息子が二匹の海蛇に巻きつかれている情景を彫刻にした作品。

57　イギリスの喜劇俳優（一六八四～一七三八）。ジョン・モトリー編纂の『ジョー・ミラーの笑話集』（一七三九）で有名。

58　ポートワインにオレンジとクローブで香りをつけて温めた飲料。ビショップ（主教）が着る法衣の色（紫）が名前の由来。

59　原文では、「それからのちスクルージが精霊たちのお世話になることはなく、絶対禁酒主義に則《のっと》って暮らしました」（He had no further intercourse with Spirits, but lived upon the Total Abstinence Principle, ever afterwards）。精霊たち（スピリッツ）との関係を絶ったのを、スピリッツ（蒸留酒）などのアルコール飲料を完全に絶つ「絶対禁酒主義」にかけたしゃれ。スクルージは断酒したわけではなく、むしろおどけてその逆のことを意味している。ディケンズ自身は、絶対禁酒主義に反対の立場だった。

訳者解説

1　子どもを救え！

ブロードビュー版の『クリスマス・キャロル』（二〇〇三）の表紙は、一見クリスマスの雰囲気にはそぐわない写真（図1）が使われている。撮影者不明のこの写真は一八七五年にバーナード・ホーム（トーマス・ジョン・バーナードが一八七〇年にロンドンに設立した孤児院）で撮られたものである。

図1　ブロードビュー版『クリスマス・キャロル』の表紙に使われた写真。撮影者不詳（1875）。

なぜこのような恵まれない境遇にある子どもたちの写真が使われたのか。それは、「子どもを救え！」というのがこの作品の核にあるメッセージだからである。それは『クリスマス・キャロル』（一八四三）の執筆の経緯を見れば明らかである。

・一八四三年三月上旬、チャールズ・ディケンズ（一八一二〜一八七〇）は児童雇用状況に関する調査委員会第二次報告書を読み、貧困階級の子どもたちの擁護をイギリス国民に訴えるためのパンフレットの発行を思いたつ。そのパンフレットが実際に書かれることはなかったが、彼はその報告書を彼に送った知人への手紙のなかで自分には別の腹案があると述べている。

・九月中旬、慈善家アンジェラ・バーデット=クーツのためにロンドンのフィールド・レイン貧民学校を訪れ、そこに通う子どもたちの悲惨なありさま（「心身の陰惨なネグレクト」）に衝撃を受ける。

・一〇月五日、マンチェスター・アセニアム——労働者の教育と生活改善を図ることを目的として設立された施設——が設立後初の年次夜会を催し、ディケンズはそこで依頼を受けて資金集めのための講演をおこなう。そのなかで彼は無知こそが悲惨と犯罪の根源であることを力説し、学問によって自尊心を身につけることの重要性を訴えた。マンチェスター滞在中は姉夫婦の家に寄宿し、甥のヘンリー・バーネット・ジュニアと会う（足が悪く、病弱なヘンリーはティム坊やのモデルだと言われている）。マンチェスター滞在中にディケンズは『クリスマス・キャロル』の着想を得て、ロンドンに戻ると当時月刊分冊で連載中だった『マーティン・チャズルウィット』（一八四三〜四四）の執筆の合間をぬって『クリスマス・キャロル』を執筆する。

・一一月末までに脱稿。約六週間で『クリスマス・キャロル』を書き上げた。

・一二月一九日に単行本としてチャップマン・アンド・ホール社より出版され、一二月二四日までに初版六〇〇〇部を売りつくし、直ちに増刷された。

『クリスマス・キャロル』執筆の背景には金銭的な問題（『マーティン・チャズルウィット』の売れ行き不振と増大する家計の出費をカバーするため）があったことも事実だが、それを超える大きな目的が「貧困階級の子どもたちの擁護をイギリス国民に訴える」ことであったことは、以上の執筆の経緯から明らかだろう。

では、作品のなかで子どもたちはどのように描かれているのだろうか。『クリスマス・キャロル』に登場する主要な子どもは、登場順に次の三人――正確に言えば二人と一組――である。この子どもたちは、それぞれタイプまたは役割が異なる。

・子ども時代のスクルージ（＝インナーチャイルド）
・ティム坊や（＝理想化された子ども）
・「無知」と「貧困」（＝現実の子ども）

ここで興味深いのは、一見寓意的に見える二人の子ども（「無知」と「貧困」）が、最も現実的な子ども――当時のイギリスの貧困階級の子どもたちであったということである。現在のクリスマスの精霊はスクルージに向かってこう言う。

「(……)この男の子の名前は無知、この女の子の名前は貧困だ。どんな程度であれ、この二人に注意しなさい。とくに男の子には気をつけるのだ。その額には、この先消されることがなければ、破滅という文字が書かれているのが見える。(……)」

「この子たちが逃げ込める場所や助けを求める手段はないのですか」スクルージは叫びました。

「監獄というものはないのかね。救貧院というものはないのかね」精霊は最後にもう一度スクルージ自身の言葉を彼に向かって繰り返しました。(一四六~一四八頁)

ヴィクトリア朝中期のロンドンには推定で約三万人のストリート・チルドレンがいたと言われている。こうした現実に目を向け、何らかの手段を講じるべきだとディケンズは読者に向かって言っているのである。ディケンズ自身も、一二歳のときに父親が債務者監獄に収監されたことによってストリート・チルドレンの一歩手前までいったのであり、彼らが置かれた境遇の悲惨さを実感として知っていた。現在のクリスマスの精霊が「貧困」よりも「無知」に気をつけよと言っているのは、学問によって自尊心を身につけることができれば、「貧困」を乗り越えることも可能だからである。

「子どもを救え!」というメッセージは、ティム坊やとスクルージの関係においてより強力に打ち出されている。スクルージはティム坊やの第二の父親になることによって、文字どおりティム坊やの命を救う。ヴィクトリア朝時代の子どもの死亡率の高さ——とくに栄養・衛生状態の悪い貧困家庭の子どもの死亡率の高さ――を考えれば、ティム坊やのような、病弱で死に直面した子どもの存在は当時それほど珍しくなかったと言える。ある推計によれば、ロンドンで一年間に亡くなる人の約三分の一が子どもであったという。実際、ディケンズ自身も幼い弟と妹を病気で亡くしているし、ティム坊やのモデルとなったヘンリー・ジュニアは『クリスマス・キャロル』の出版から約五年後に結核のため九歳の若さで（母親も前年に同じ病気で）亡くなっている。結核は産業革命後のイギリスの労働者階級の間で蔓延した病気である。ある研究者は、ティム坊やの足の障害は結核性関節炎によるものと推測している。

ティム坊やは半分は現実の子どもであったとしても、残りの半分は「理想化された子ども」と言える。たとえば、父親のボブ・クラチットは、現在のクリスマスの情景のなかで、ティム坊やと教会から帰ってきたあと、足の悪い息子について次のように言う。

「（……）一人でずっと座っていたせいかな、どういうわけか考え深くなっちゃって、奇妙なことを考えたんだね。家に帰る途中でこう言うんだ。僕は教会に来ている人たちが僕のことを見てくれたらいいなと思う。だって、イエスさまが歩けない物乞いを歩けるようにし、目の見えない人を見えるようにしたことをクリスマスの日に思い出すのはいいことだからね、だって」（二一四頁）

ヴィクトリア朝時代の理想化された子ども像と言えば、フランスの哲学者ルソーの『エミール』（一七六二）やイギリスのロマン派詩人の子ども観（「子どもは大人の父」）との関連で語られることが多いが、ディケンズの場合、「福音書」のなかの子ども像からも大きな影響を受けている。とくにティム坊やにおいてはそうである。ティム坊やと「福音書」との結びつきは第四節で示される。

「『イエスは一人の子どもを呼びよせ、彼らの真ん中に立たせて言われた』」（一七六頁）

これは、未来のクリスマスの情景のなかで、ティム坊やの兄のピーターが炉辺で聖書を朗読する場面である。母親が涙ぐんだので途中で読むのをやめてしまうが、それは亡くなった息子のティム坊やのことを思い出したためである。ピーターが読んでいたのは、「マルコ福音書」第九章三六節あるいは「マタイ福音書」第一八章二節だろう。「マタイ福音書」から引用する。

その時、弟子たちがイエスの所に来て、「ではいったいわれわれのうちのだれが天の国で一番えらいのですか」とたずねた。イエスは一人の子供を呼びよせ、彼らの真中に立たせて言われた、「アーメン、わたしは言う、あなた達は生まれかわって子供のように小さくならなければ、決して天の国に入ることはできない。だから、この子供のように自分を低くする者、それが天の国では一番えらい人である。またわたしの名を信ずるこんな一人の子供を迎える者は、わたしを迎えてくれるのである」(『新約聖書　福音書』)

ティム坊やが、イエスが弟子たちの真ん中に立たせた、この「福音書」のなかの子どもの具体化された姿であることは間違いない。ティム坊やは実際に小さく、病弱であるだけではなく、自分を低くし、すなおにキリスト(救世主)の名を信じている。

さらに、イエスは「迷った一匹の羊」の譬《たと》えを使って次のように言う。

「ある人が羊を百匹もっていて、その一匹が道に迷ったとき、その人は九十九匹を山にのこしておいて、迷っている一匹をさがしに行かないだろうか。そしてもし見つけようものなら(……)この一匹を、迷わなかった九十九匹以上に喜ぶにちがいない。このように、この小さな者たちが一人でも滅びることは、あなた達の天の父上の御心ではない」(同前)

つまり、恵まれない境遇にある子どもを救うこと(「子どもを救え!」)というのは、「福音書」に書かれたメッセージだとディケンズは言いたいのではないだろうか。

先に引用したイエスの言葉（「幼な子の如くあれ」）は、ディケンズが書いた「子どものための新約聖書」のなかにも出てくる。「子どものための新約聖書」は、一八四六〜四九年にディケンズが自分の子どもたちのためだけに書いた小冊子で、「福音書」を平易な言葉で要約したものである。ディケンズの死後、一九三四年に『主イエスの生涯』というタイトルで出版された。そのなかでディケンズは先に引用したイエスの言葉に続けて「私たちの救世主は子どもを愛し、すべての子どもたちを愛していた」と書いている。

ディケンズは、この時期、ユニテリアン派に接近していた。ユニテリアン派は、三位一体説を否定し、神の唯一性を信条とする（いっぽうでイエス・キリストの人間性を強調する）キリスト教の宗派である。ディケンズは、一八四二年のアメリカ旅行中にユニテリアン派の教えに触れ、帰国後もしばらくはロンドンにあるユニテリアン派の礼拝堂に通った。ディケンズがその教えに惹かれたのは、英国国教会において神学論争（〈ピュージー派〔カトリック〕〉対〈福音主義派〉）が喧《かまびす》しかった時代に、ユニテリアン派が、教義ではなく、新約聖書の倫理的な教えを強調していたからだろう。

「幼な子の如くあれ」というイエスの言葉をどのように理解するかは、宗派や解釈によって異なるだろうが、『クリスマス・キャロル』では文字どおり「子どものようになる」ことが奨励されているように見える。スクルージは過去のクリスマスの精霊とともに自分の子ども時代をふりかえり、そして作品の最後では生まれかわって子どものようになる。

「今日が何日かわからない！（……）どれだけの間、精霊たちと交わっていたのかわからない。何もわからない。まるで赤ん坊だ。それでいいんだ。気にしなくていい。わしは赤ん坊のように生まれかわったんだ。やっほー。万歳。やっほっほー」（一九二頁）

スクルージが生まれかわって子どものようになるためには、自分の子ども時代をふりかえる必要があった。自分の子ども時代をふりかえることで、スクルージは自分のなかにある子どもの心を再発見したのである。それは自らのインナーチャイルド（内なる子ども）に出会うことを意味している。

インナーチャイルドは、ヒーリングやセラピーとの関連で語られることが多い言葉である。そうしたヒーリングやセラピーでは、自分のなかにある「傷ついた子どもの心」を癒し、抑圧されていた自己を解放することで、本来の自分を取り戻すことが目指されている。

スクルージの過去への回帰は、ちょうどこのヒーリングのプロセスをたどるものとなっている。スクルージは過去のクリスマスの精霊とともに寄宿学校を訪れる。

椅子の一つに座って、小さな火のそばで一人の孤独な少年が本を読んでいました。スクルージは別の椅子に座ると、このかわいそうな少年——すっかり忘れていた、かつての自分自身の姿――を見て涙しました。（……）「真面目で働き者のアリ・ババだ！」スクルージは夢中になって叫びました。「真面目で働き者のアリ・ババだ！　そうだとも、思い出した！　あるクリスマスの日、あの孤独な少年がここに独りぼっちでいたときに、初めてあんなふうに彼がやってきたんだ。かわいそうに！（……）」（六六～六七頁）

　ここでは、過去の自分に出会うこと、過去の自分に自己同一化すること、過去の自分を慰めることが同時におこなわれている。ここで、スクルージは子どもの心を取り戻すと同時に、自らのインナーチャイルドを知り、傷ついたインナーチャイルドを大人の心で慰めているのである。過去の自分＝インナーチャイルドの本当の望みは何だったのだろうか。それは、家に帰って家族とともにクリスマス休暇を過ごすことではなかっただろうか。

　この場面のすぐ後の別のクリスマスの情景で、スクルージの妹ファンが「大好きなお兄ちゃん」を「おうち」に連れて帰るために迎えにくるのだが、その明るい元気な様子はスクルージの甥――すなわち体が弱く夭折したファンの忘れ形見――のフレッドを髣髴《ほうふつ》させる。フレッドは、母の遺志を継いでおじのスクルージに毎年クリスマスに「おうち」に来るように誘っていたのだとわかる。スクルージにとって、その誘いを受けることは、素直な気持ちになること、傷ついた過去の自分と折り合いをつけることを意味しているのである。

原罪思想を強調するキリスト教の一部の宗派とは異なり、ディケンズは性善説の立場をとり、子どもは本来善い性質を持っていると考えていた。では、ディケンズが考える「子どもが本来持っている善い性質」とは何だろうか。いくつか挙げることができるが、その一つがfancyであることは間違いない。私はこのfancyを、作家の大江健三郎に倣《なら》って「空想する力」と訳したい。大江は『クリスマス・キャロル』を収録した「少年少女世界の文学」第八巻の解説のなかで次のように述べている。


『クリスマス・キャロル』のスクルージさんは、ずいぶん長いあいだ、心の貧しい人として暮らしてきました。そして、すっかりおじいさんになってから、心のゆたかな人になることに決め、その結果、まわりの人たちを愉快にし、自分も愉快になるたのしみを味わうことができました。

しかし、じっさいには、おじいさんになってしまってから、心のゆたかな人にかわることは、なかなかむずかしいのです。心とは、ボールとか浮き輪と同じように、古びてくるにしたがって、はずむ力をなくしてゆくものなのですね。ところが、子どもの心は、新しいのですから、はずむ力をいっぱいにもっています。そして、はずむ力というのが、空想する力です。空想する力をやしなうことは、心をゆたかにすることです。（「空想する力とゆたかな心」）

こうした「空想する力」は、ディケンズの時代、功利主義的な考え方に鋭く対立するものだった。功利主義とは、功利・効用を第一とする考え方である。功利主義的な考え方からすれば、子どもには、実用・実利に役立つ知識だけを与えればよいということになる。

「ロンドンのシティの誰よりも（……）空想する力というものを持ち合わせていなかった」（二九頁）スクルージは、甥のフレッドにこう言う。「クリスマスなんか祝ってなんになる！　クリスマスがお前に何をしてくれた！」それに対して、フレッドはこう答える。

「お金にならなくても、ためになることはたくさんありますよ（……）なかでもクリスマスがそうです。僕はクリスマスが来るといつも（……）それを、ありがたい日だと思うんです。親切と、寛容と、慈善と、喜びの日。一年の長いカレンダーのなかで、この日だけは、みんなが心を一つにして、普段閉じている心の殻を破って楽しく付き合うんです。そして、困っている人たちのことを、別の目的地に向かう赤の他人ではなく、つかのまの人生をともに生きている同じ旅の仲間と考えるんです。だからね、おじさん、銀貨や金貨の一枚が僕のポケットに入るわけじゃないけど、クリスマスは僕のためになるし、これからもそうだと信じています。だから、クリスマス万歳！」（一七頁）

「空想する力」とは、「他者に共感する力」と言い換えてもよいかもしれない。では次に、フレッドが「親切と、寛容と、慈善と、喜びの日」と呼ぶクリスマス（イギリスのクリスマス）について見ていこう。

2　クリスマスの本当の祝い方

クリスマスは、言うまでもなく、イエス・キリストの降誕を祝う祭日である。聖書にはイエス誕生の日付の記述はなく、一二月二五日がキリスト誕生の祝祭日と定められたのは四世紀になってからである。当時ローマ帝国では太陽を崇拝するミトラス教が普及しており、その主祭日（不滅の太陽の誕生日）がローマ暦で冬至に当たる一二月二五日に祝われていた。不滅の太陽の誕生と、この世に光をもたらす神の子の誕生とが重ね合わされ、この日がキリスト誕生の祝祭日と定められたのである。

ブリテン島においても一二月二五日は新年の始まりであり、その時期にはゲルマンの冬至の祭り（ユール）やローマの農耕神サトゥルヌスの祭り（サトゥルナリア祭）がおこなわれていた。サトゥルナリア祭の魅力は、浪費、祝宴、日常的役割と身分の逆転――七日間にわたる底抜けのお祭り騒ぎと無礼講――だった。六世紀末にローマから派遣された修道士アウグスティヌスは、キリスト教の布教の過程でこうした祝祭を利用した。その結果、クリスマスは異教の祝祭の影響を強く受けたものとなった。

中世におけるクリスマスの典型は、荘園領主の邸宅で催される大規模な祝宴——クリスマスから公現日（一月六日）までの一二日間にわたる休暇とお祭り騒ぎ——だった。しかし、一七世紀半ばにピューリタンが実権を握ると、クリスマスの行事やクリスマスを祝うことそれ自体を異教的だとして厳しく禁止した。王政復古（一六六〇）後もクリスマスの伝統がもとに戻ることはなかった。そこに産業革命による都市化が追い討ちをかけ、田舎でクリスマスを祝う習慣はすたれていった。

図２　J・L・ウィリアムズ画「ウィンザー城に飾られたクリスマス・ツリー」。『イラストレイテッド・ロンドン・ニューズ』（1848）。

ヴィクトリア朝時代、都市部でのクリスマスの復活に大きく貢献した二人の人物がいる。ヴィクトリア女王の夫君アルバート公とチャールズ・ディケンズである。彼らはクリスマスを祝う古い伝統を復活させ、それを家庭的な祝祭へと変えた。

一八四〇年にヴィクトリア女王と結婚したドイツ出身のアルバート公が、クリスマス・ツリーを飾るドイツの古い風習をイギリス王室に持ち込んだ。二人は毎年ウィンザー城にツリーを飾り、クリスマスを子どもたちとともに祝った。イギリス王室の家族中心のクリスマス（ファミリー・クリスマス）は、イギリス国民にとって魅力的な模範となった。

ディケンズが『クリスマス・キャロル』で描いたファミリー・クリスマスは、その庶民版と言えるかもしれない。同じように家庭的だが、もっと陽気なお祭り騒ぎのクリスマスである。

ディケンズのクリスマスの描写に最も大きな影響を与えたのは、アメリカの作家ワシントン・アーヴィングだった。アーヴィングは『スケッチ・ブック』（一八一九〜二〇）所収の五編のエッセイ（「クリスマス」、「駅馬車」、「クリスマス・イブ」、「クリスマスの日」、「クリスマス・ディナー」）のなかで、旅行家ジェフリー・クレヨンのペルソナを用いて、イギリスの片田舎の領主の邸宅（ブレイスブリッジ邸）でおこなわれている古い伝統的なクリスマスの様子を魅力的に描いている。

ディケンズがいかにこれらのエッセイに魅了されたかは、最初の長編小説『ピクウィック・ペイパーズ』（一八三六〜三七）の第二八章（「陽気なクリスマスの章」）で描かれる田舎の領主ウォードルの邸宅で繰り広げられるクリスマスの情景を見れば明らかである。そのほか、ディケンズに影響を与えたと思われるクリスマスの書物に、ウィリアム・サンディス『古今クリスマス・キャロル集』（一八三三）、トーマス・K・ハーヴィー『ブック・オブ・クリスマス』（一八三五〔扉の表記は一八三六年〕）がある。

クリスマス・キャロルは、神への賛美やキリスト誕生の喜びと感謝を表現するクリスマスの歌曲である。一四〜一六世紀のイギリスで発展した。一九世紀始めのサンディスほかのキャロル収集家の努

図3　ロバート・シーモア画「市場——クリスマス・イブ」。『ブック・オブ・クリスマス』（1835）。

力によって、多くのキャロルが消滅の危機を免れた。サンディスが『古今クリスマス・キャロル集』に収録したキャロルの一つに「世のひと忘るな」（God Rest You Merry, Gentlemen）がある。このクリスマス・キャロルの一節は、『クリスマス・キャロル』に、少しかたちを変えて登場する。

"God bless you merry gentleman!
May nothing you dismay!"
「陽気な紳士に神の祝福ありますように！
心の平和を乱すことがありませんように！」（二六頁）

まったく「陽気」ではないスクルージが、このあと、とんでもなく「心の平和を乱す」出来事に巻き込まれていくわけだから、この歌詞は予言的でとても皮肉が利いたものになっている。このように施しや寄付を求めてクリスマス・イブに家々を回り、キャロルを歌い歩くことを「キャロリング」という。

ディケンズに影響を与えたと思われるもう一つのクリスマスの書物が、ハーヴィーの『ブック・オブ・クリスマス』である。この本に挿絵を提供したのは、翌年『ピクウィック・ペイパーズ』でディケンズと組むことになるロバート・シーモアだった。『ブック・オブ・クリスマス』は、田舎の伝統的なクリスマスだけでなく、当時のロンドンのクリスマスの様子についても紹介している。しかし、シーモアの生き生きとしたイラストレーション(図3)と比べて、ハーヴィーの文章は「描写」というよりも、たんなる「説明」にすぎなかった。こうした挿絵に匹敵するような、活気あふれるロンドンのクリスマスの市場の「描写」は、『クリスマス・キャロル』の第三節の「クリスマスの朝」の描写(一〇二〜一〇七頁)において初めて達成されることになる。

現代の日本のクリスマスの定番と言えば、クリスマス・ツリー、クリスマス・ケーキ、サンタクロース、クリスマス・プレゼント、クリスマス・カードなどが挙げられるが、このなかで、ディケンズが『クリスマス・キャロル』で取り上げているものは――クリスマス・プレゼント(サトゥルナリア祭にまで遡《さかのぼ》るクリスマスの習慣)だけである。ただし、クリスマス・カード以外は、それに匹敵するものが登場する。

・クリスマス・ツリー ⇓ ヤドリギの枝
・クリスマス・ケーキ ⇓ クリスマス・プディングまたは十二夜ケーキ

・サンタクロース ⇓ ファーザー・クリスマス
・クリスマス・カード ⇓ 一八四三年に登場

世界初の印刷されたクリスマス・カードは、『クリスマス・キャロル』が出版された同じ年に、イギリス人のヘンリー・コール（一八五一年のロンドン万国博覧会の立案者で、ヴィクトリア&アルバート博物館の初代館長）の依頼によって作られた。しかし、高価（一枚一シリング）だったために、あまり普及しなかった。イギリスでクリスマス・カードを送ることが季節の行事として広まるのは、一八六〇～七〇年代にかけてである。

すでに述べたように、アルバート公がクリスマス・ツリーを飾るドイツの古い風習をイギリス王室に持ち込んだのは一八四〇年以降で、一八四八年の『イラストレイテッド・ロンドン・ニューズ』誌クリスマス特別号にクリスマス・ツリーを囲む王室一家の木版画（図2）が掲載されたことで、イギリスの上流・中流階級の家庭でもこの習慣が広まった。したがって、『クリスマス・キャロル』にはクリスマス・ツリーは出てこないのだが、同じように室内に常緑樹を飾る習慣としてヤドリギの枝を天井や壁に吊るす習慣が描かれている。アーヴィングは『スケッチ・ブック』所収のエッセイ「クリスマス・イブ」のなかで次のように注釈している。

ヤドリギは今でもクリスマスには農家や台所に吊るされる。若い男性は、その下で若い女性にキスをする特典があり、そのたびに木から実を一つ摘みとる。実が全部なくなってしまうと、この特典は消失する。

こうしたクリスマスの飾りは「キッシング・バンチ（束）」とも呼ばれている。ヤドリギを飾ることはドルイド教に起源があるとされているが、冬至のころに常緑樹を飾る習慣は、ゲルマンの冬至の祭りの名残でもある。こうした常緑樹は、冬のさなかに生き続ける生命を象徴していた。

次に、現在のクリスマスの精霊が登場する場面を見てみよう。

まるで玉座を形作るように床のうえに積み上げられていたのは、七面鳥、ガチョウ、野ウサギの肉、鶏肉、塩漬けの豚肉、大きな牛肉の塊、子豚、長いソーセージの輪、ミンスパイ、クリスマス・プディング、樽入りの牡蠣《かき》、真っ赤に焼けた栗、サクランボ色の頬をしたリンゴ、果汁たっぷりのオレンジ、甘い香りのナシ、巨大な十二夜ケーキ、ボウルに入った熱いポンチ酒でした。（……）この玉座のうえに腰かけていたのは、見るも輝かしい一人の巨人でした。彼は豊穣の角の形をした光り輝くたいまつを手に持っていました。彼がこのたいまつを高く掲げる

と、その光は、ドアのところで恐る恐る部屋のなかを覗き込んでいたスクルージのうえに降りそそぎました。（九八〜一〇〇頁）

ここでは、クリスマスの料理や食材の一覧を見ることができる。クリスマス・ディナーのメインディッシュはガチョウか七面鳥のロースト、デザートはクリスマス・プディング、ミンスパイ、焼き栗、果物などである。十二夜ケーキは十二夜に食べるケーキだが、今日のクリスマス・ケーキの起源とされている。ボウルに入った熱いポンチ酒は、クリスマス・シーズンにみんなの健康を祈って飲む祝いの酒、ワッセル酒だろう（ワッセルとは「健康のために乾杯」という意味）。中身はたいてい、焼きリンゴと香辛料を加えて温めたエール（ビール）である。

ワッセル酒はクリスマスの祝宴の中心であり、しばしばファーザー・クリスマスと結びつけられる。ファーザー・クリスマスは、イギリスにおけるクリスマスの擬人化した姿である（オールド・クリスマスとも呼ばれる）。この用語は一五世紀になってようやく出現し、ベン・ジョンソンが一六一六年に発表した戯曲『クリスマス仮面劇』に登場する。祝宴と陽気なお祭り騒ぎをもたらすファーザー・クリスマスは、その異教的な起源が指摘されている。ディケンズは、クリスマスの精神の擬人化としての現在のクリスマスの精霊を描くうえで、このファーザー・クリスマス像を利用した。『クリスマス・キャロル』では、現在のクリスマスの精霊が手に持っている「豊穣の角」の形をしたたいまつによって、豊穣を祈る異教の祭りとのつながりが示されている。

サンタクロースは聖ニコラスという聖人の伝承がもとになっているので、ファーザー・クリスマスとは起源が異なる。サンタクロースのイメージは一九世紀始めから半ばにかけてアメリカで固まり、世界中に広がった。イギリスでも一九世紀末にサンタクロースとファーザー・クリスマスのイメージが融合した。

次に、クラチット家のクリスマス・ディナーの場面を見てみよう。


こんなに美味しいガチョウは食べたことがありません。いまだかつてこれ以上のガチョウが料理されたことはないと思う、とボブが言いました。この柔らかさといい、風味といい、大きさといい、値段といい、世界中の賞賛の的です。このガチョウにアップル・ソースとマッシュポテトを加えると、家族全員にとってじゅうぶんな食事となりました。確かに、クラチット夫人がお皿のうえに残ったひとかけらの骨を見て言ったように、結局全部は食べきれなかったのです！（……）とくに、ちっちゃなクラチットたちはセージと玉ねぎの詰め物に眉まで浸かって大満足でした！（一一六～一一七頁）

薄給のクラチット一家にとって、クリスマスの食事はまさに一年に一度のごちそうである。ガチョウの丸焼きの登場に盛り上がるクラチット一家の興奮した様子が伝わってくる。当時のイギリスのクリスマス・ディナーのメインディッシュの定番はガチョウのローストだった。今日の定番である七面鳥はヨーロッパ原産の鳥ではなく、飼育も大変だったので、希少で高価であり、庶民にとってはまだ一般的ではなかった。改心したスクルージは、クラチット一家に賞をとった大きな七面鳥を贈っている。

クラチット家のように、ガチョウが丸ごと入るかまど（あるいはかまどそれ自体）を持っていない家庭では、クリスマスにパン屋のかまどでガチョウを焼いてもらっていた。この習慣は、日曜日やクリスマスなどの安息日にパンを焼くことができなかったパン屋にとっても好都合だった。

クリスマス・ディナーのデザートの定番がクリスマス・プディングである。クリスマス・プディングはプラム・プディングとも言い、干しぶどう・小麦粉・スエット・卵・香辛料・ブランデーまたはラム酒などを合わせてゆでたり、蒸したりしたものである。これは、かまどを持たない家庭でも、洗濯用の大釜を利用して作ることができた。

クリスマス・プディングの登場が、クラチット家のクリスマス・ディナーのクライマックスである。

ああ、なんて美味しいプディングなんだろう！　ボブ・クラチットは穏やかな口調で、このプディングはクラチット夫人が結婚以来作ってきた歴代のプディングのなかでも最高の出来だと思う、と言いました。(……)誰もがそのプディングの素晴らしさについて賞賛しましたが、誰もそのプディングが大家族にとっては小さすぎるということは言いませんでした。(……)家族の誰もが、そんなことをほんのちょっとでも口にするだけで、恥ずかしさで真っ赤になったことでしょう。(二一八頁)

このクリスマス・プディングは、文字どおりにも比喩的にも『クリスマス・キャロル』という作品の中心に位置する「幸せなクリスマスのイメージ」のシンボル的な存在である。ディケンズが「キャロル哲学」と呼んだものは、ここに凝縮されている。すなわち、「大家族にとっては小さすぎるプディング」を分け合って食べる家族の愛情である。

対照的に、スクルージの甥のフレッドの家には若い独身の男女が集まってくる。クリスマスは男女の出会いの季節でもあるのである。ダンスやゲーム——キスなどの軽い罰ゲームを伴った罰金遊びや目隠し遊びなど——は、参加者の気持ちをほぐし、一体感をもたらすだけでなく、男女の肉体的な接触の機会を増やす。フレッドの家のクリスマス・パーティーの場面では、目隠し遊びをしたトッパーが、フレッドの妻の妹の一人と仲睦まじくなる様子が描かれている。

ここまで、クリスマスの飾り、食事、遊びなど、イギリス特有のクリスマスの習慣について見てきたが、これらの習慣は、ディケンズが『クリスマス・キャロル』のなかで見事に描写したおかげで、ヴィクトリア朝においてクリスマスの祝い方のスタンダードとなり、今日のイギリスのクリスマスの典型にもなった。

3 『クリスマス・キャロル』の技法《アート》

もう一つ、ディケンズが『クリスマス・キャロル』のなかで直接描写しなかったものの、本の出版によって復活または定着させたイギリスの伝統的なクリスマスの習慣がある。炉端での幽霊話である。『クリスマス・キャロル』の初版本の扉にはこう記されている。

A CHRISTMAS CAROL IN PROSE.
BEING A Ghost Story of Christmas.
散文によるクリスマス・キャロル
クリスマスの幽霊話

「クリスマスの幽霊話」というと、変な感じがするかもしれないが、クリスマスの時期――冬の夜長に炉端で話をすること――とりわけ幽霊話をすることは、遅くとも一八世紀以来のイギリスのクリ

図4　ロバート・シーモア画「ストーリー・テリング」。『ブック・オブ・クリスマス』(1835)。

スマスの伝統だった。

古来、冬至の時期に先祖の霊を迎え入れるという風習があり、またクリスマス・イブにはさまざまな不思議なことが起こるという伝承があり、さらに炉端でお年寄りから子どもたちに古い昔話を語り聞かせることは、今は亡き古《いにしえ》の死者と生者をつなぐ、いわば霊媒の役割を老人たちが果たしたとも考えられる。このようにクリスマスと幽霊話との親和性は非常に高いのである。炉端での幽霊話の情景はアーヴィングの『スケッチ・ブック』(「クリスマス・ディナー」)やハーヴィーの『ブック・オブ・クリスマス』(図4)、のちにはヘンリー・ジェイムズの『ねじの回転』(一八九八)などにおいて描かれている。

さらに興味深いことに、『ピクウィック・ペイパーズ』のクリスマスの章(第二八章)でも、そうした情景が描かれており、その「枠物語」(物語内物語)――主人のウォードルがクリスマス・イブの晩に客人のピクウィックたちに語る物語――

として霊的なゴブリン（小鬼）が登場する「墓掘り男をさらった鬼の話」が語られる。

「墓掘り男をさらった鬼の話」は『クリスマス・キャロル』の原型として知られている。ストーリーはこうである。人間嫌いの墓掘り男ゲイブリエル・グラブが、クリスマス・イブの晩に墓場で墓を掘り、一仕事終えて酒を飲もうとすると、突然鬼が出てきて、ほかの多くの子分の鬼たちとともに彼を地下の洞窟へと連れ去ってしまう。そこで、鬼は、人間の生き死にや人生の真実に関わる多くの映像（pictures）を彼に見せる。翌朝、墓場で目覚めたゲイブリエル・グラブは、すっかり改心して別の人間に生まれかわり、これまでの自分のおこないを恥じて町を出ていく。一〇数年後に彼は、満ち足りた表情をした、ぼろをまとったリューマチ持ちの老人となって戻ってくる。彼の話は本当の話としてこの地方で言い伝えとなっている、とウォードルは語る。

鬼がゲイブリエル・グラブに見せる「動く映像」は映画を想像させるが、映画の発明は『クリスマス・キャロル』が書かれてから半世紀後（一八九五）のことである。では、映画以前の映画的な娯楽にディケンズは影響を受けたのではないか、と私たちは想像をたくましくするわけだが、その前に、ゲイブリエル・グラブやスクルージが見た映像がどのようなものであったのか確認しておこう。ゲイブリエル・グラブが洞窟のなかで見た映像（pictures）は、洞窟の離れた隅のほうに見える、音と動きを伴った鮮明な映像だったが、ほとんど会話の聞こえてこないサイレント映画のような映像だった。

過去、現在、未来の精霊がスクルージに見せる映像は、それとはまったく別の種類の映像である。

スクルージは映像を見るというよりも、むしろ映像のなかに入っていくのである。幻影（イリュージョン）というより、没入（イマージョン）と言ったほうがよいかもしれない。ただし、過去のクリスマスの精霊はこう言う。「これは過去に起こったことそのままの影（shadows）だよ。彼らには僕たちが見えないからね」（六四頁）。

こうした幻影を見せる発想の元として、幻灯機（マジック・ランタン）や幻灯機を使ったショー（ファンタスマゴリア）との関連が多くの研究者によって指摘されている。ディケンズは『クリスマス・キャロル』が書かれた前年の手紙のなかで、来月一月の十二夜パーティー（六歳になる長男チャールズの誕生日でもある）には子どもたちのために幻灯を上映するつもりだと述べ、また一八四六年にローザンヌから書かれた手紙のなかでは、ロンドンの街路のことを自分の創作の源泉たる「マジック・ランタン」と呼んでいる。

エティエンヌ＝ガスパール・ロベールによって考案されたファンタスマゴリアは、一八世紀の終わりにパリでデビューし、一九世紀の初めにロンドンに上陸した。見えないものを出現させるファンタスマゴリアは、幽霊や超常現象との相性が抜群によかった。あるいは、幻影というより没入という意味では、都市空間のなかに別の場所と時間を出現させる装置――三六〇度の円筒形の絵画――パノラマを想像したほうがよいかもしれない。一七九三年に開館したレスター・スクエアのパノラマ館では、上下二層の巨大な内壁に大小二つのパノラマが描かれていた。パノラマの鑑賞者は、暗い観覧台の中心に身を置き、外光で照らし出された明るい景色を眺めた。

しかし、光学装置や視覚装置の助けを借りなくとも、私たちには幻影を見るだけでなく、その幻影のなかに没入することができる天然自然の装置が備わっている。すなわち、夢見ることである。ゲイブリエル・グラブもスクルージも夜中に幻影を見て、明日覚めると、すべての物的証拠が消え失せていたのを目撃したのではなかっただろうか。（興味深いことに、「マーレイの幽霊の出現から、未来のクリスマスの幻影から覚めるまで」が夢だとすると、スクルージはその間に二度眠り込み、二度目覚めている。まるで、正しく夢見るためには、ひとは夢のなかで目覚めていなければならないかのようである。）

ただし、『クリスマス・キャロル』では、物語上、ただの「夢落ち」で終わらせない工夫がされている。過去のクリスマスの精霊が見せた幻影の大部分がスクルージの記憶に基づくものであり、未来のクリスマスの精霊が見せた幻影がスクルージが作り出した妄想だとしても、現在のクリスマスの精霊が見せたクラチット家の家族構成や甥のフレッドのクリスマス・パーティーに集まる友人たちの姿と名前には、実際にスクルージがそれを見たのでなければ知ることができない情報が含まれているからである。スクルージが見た幻影は、たんなる幻影ではなかったと考えるのが、ごく素直な読み取りということになるだろう。

ここでもう一度、『クリスマス・キャロル』が、クリスマスの夜長に炉端でおこなう幽霊話（「クリスマスの幽霊話」）という「枠物語」の枠組みを持っていたことを思い起こそう。『クリスマス・キャロル』という書物が、炉端で声に出して読まれるとき、聞き手は、その朗読に耳を傾けながら、さまざまな人物や情景が目の前にくっきりと浮かび上がっては消えていくのを体験したのではないだろうか。「暖炉の火のなかに絵（pictures）を読む」というのは、ディケンズが好んで使った隠喩である。暗闇に浮かび上がる暖炉の火のなかに、あるいは暗闇それ自体のなかに幻影を見ることは、『クリスマス・キャロル』という物語の聞き手にとって極めて自然な楽しみであったと想像される。いわば、天然のファンタスマゴリアである。

画像などではわかりにくいが、『クリスマス・キャロル』の初版本は大人の掌とちょうど同じくらいの大きさ（約一七センチ×一一センチ）である。ディケンズが「序文」で「小さな本」と言っているのはこのことだ。『クリスマス・キャロル』は、炉端で読み、炉棚に飾るのにふさわしい大きさの美しい装丁の本だった（ディケンズ自らがプロデュースしたこの本は、五シリングという価格のわりに造本に凝りすぎため予想外の薄利で、彼を失望させた）。

天然のファンタスマゴリアを可能にした仕組みとしては、強力なアイコンとしてのキャラクター、明快なコントラストによって語ること、メリハリの効いたプロット（筋）と明確なエンディングを持つ三幕構成などが挙げられるが、最も重要なのは、語り手のプレゼンス（存在感）である。『クリスマス・キャロル』は次のように始まる。

いいですか、みなさん、マーレイは死んでいます。もし疑われるのでしたら、教会の埋葬記録を調べてみてください。牧師が、書記が、葬儀屋が、喪主が、ちゃんと署名していますよ。スクルージの名前もあります。スクルージの名前は、ロンドンの王立取引所ではたいへん信用があって、彼が署名したものはすべて優良な債権とみなされるんですからね。間違いなく、マーレイは死んでいます。（八頁）

普通の作品であれば、次のように始まることだろう。

昔あるとき、一年のうちで最も楽しい日――クリスマス・イブの日に、スクルージは事務所で忙しく働いていました。その日は、冷たく、寒々として、身を切るような、霧の濃い日でした。（……）街中の時計の鐘が三時を打ったばかりだというのに、外はもうすっかり暗くなっていました。（一二頁）

「昔あるとき（Once upon a time）」――童話や昔話などでよく使われる切り出し文句である。この「物語の実質的な始まり」までの間に、語り手による前口上が延々と九段落にもわたって展開されているのである。その内容はしばしば脱線する。

そうそう、マーレイの葬式で思い出しました。私が言いたかったのは、マーレイは間違いなく死んでいるということです。このことはしっかり理解しておいていただかなければなりません。そうでなければ、私がこれから話す物語が不思議でも何でもない、ただの普通の話になってしまいますから。もし劇が始まる前に、ハムレットの父親は死んでいるのだとじゅうぶん納得しているのでなければ（……）（九頁）

ほとんど落語の「マクラ」のような話である。一九八五年に『クリスマス・キャロル』を落語調で訳した英文学者の小池滋はさすがと言うべきだろう。私が「ですます調」で『クリスマス・キャロル』を訳すのも、語り手のプレゼンスを前面に押し出したいがためである。一九世紀以降、三人称小説（三人称客観描写）では、語り手は、語られる内容の客観性を保証するために、前面に出てきてはいけない、個性的であってはいけない、自らの意見を口にしてはいけない、むしろ透明であるべき（もしこう言ってよければ、透明な幽霊であるべき）とされてきたが、ディケンズは『クリスマス・キャロル』では意図的に語り手のプレゼンスを前面に押し出している。なぜなら、これは炉端で語られる幽霊話だからである。

第二節の冒頭近く、過去のクリスマスの精霊が登場する場面で、語り手は次のように言う。

そのカーテンは一つの手によって開けられました。（……）ベッドから起き上がろうとしたスクルージは、半分横になった姿勢のまま、そのカーテンを開けた、この世のものではない訪問者と間近で――今私の精神があなたに話しかけているくらい間近で――対面しました。（五七頁）

「語り手である私の精神は、今この話を聞いているあなたのすぐ近くにいますよ」と語り手は聞き手（または読者）にアピールしているのである。まるで幽霊か精霊みたいではないか？

ただし、語り手の名前や年齢は不詳である。語りの内容から、おそらく彼は男で、イギリス人だろうと推測される。あるいは、こんな人物（図5）だったかもしれない。

図5 「チャールズ・ディケンズ氏の最後の朗読公演」。『イラストレイテッド・ロンドン・ニューズ』（1870）。

ディケンズ自身が多くの聴衆の前で『クリスマス・キャロル』を朗読してみせたことは、よく知られている。ディケンズが朗読したのは、オリジナル版を約四割の長さに縮約した朗読版『クリスマス・キャロル』である。その朗読台本が残されている。ディケンズはカット&ペーストこそおこなったものの、『クリスマス・キャロル』の本文をほとんど書き直していない。

『クリスマス・キャロル』がいかに朗読向きの作品であったかということは、ディケンズが一八五三年、四一歳のときに始めた自作の公開朗読（最初はチャリティとして、一八五八年からは興行として）のレパートリーのなかで、常に中心的な位置を占めていたのが『クリスマス・キャロル』であったという事実からも窺《うかが》うことができる（朗読版『クリスマス・キャロル』やディケンズの公開朗読については、拙訳『ドクター・マリゴールド朗読小説傑作選』の「訳者解題」を参照されたい）。

これまで述べてきたいくつかの特徴によって、『クリスマス・キャロル』は、演劇（舞台）だけでなく、幻灯などのスクリーン・プラクティス（スクリーンに基礎を置いた娯楽）の伝統のなかに取り込まれ、そしてそれはのちに映画（シネマ）へとつながっていった。ディケンズ作品を原作とした現存する最古の映画のひとつが、一九〇一年にR・W・ポールによって製作された「スクルージ、あるいはマーレイの幽霊」であることは、おそらくただの偶然ではないだろう。幽霊や精霊、そしてそれらが見せる幻影は、多重露光などのフィルムの特殊効果（映画以前には〝心霊写真〟において頻繁に用いられた技術）と極めて相性がよかったのである。

4　心霊主義（スピリチュアリズム）

最後に、ディケンズと心霊主義（スピリチュアリズム）との関係について触れておきたい。心霊主義とは、人の霊が霊媒（medium）を通じて、生きている人と交信できるという信仰または教義である。アメリカに端を発した心霊主義は一九世紀後半からイギリスでも流行し始める。

ディケンズは『クリスマス・キャロル』を始めとする単行本のクリスマス・ブックや自らが編集長を務めた週刊誌（『家庭の言葉』と『一年中』）のクリスマス特別号に掲載したクリスマス・ストーリーによって、いくつもの幽霊物語を発表してきたが、彼自身は心霊主義に対して否定的な見解を持っていた。

幽霊に関する実話や民間伝承を多数収録したキャサリン・クロウの『自然の夜の側』が一八四八年に出版され話題になったとき、ディケンズは週刊誌『イグザミナー』誌上でこの本を取り上げ、書評している。彼はクロウが実話として語る幽霊話に疑いを持ち、それらの事実性の根拠は「カードの家」のように脆弱で、一つの不確かな証言を取り去るだけで崩れ落ちてしまう、と述べている。

幽霊は夢や幻覚にすぎないというディケンズの幽霊錯視論は『クリスマス・キャロル』のなかのマーレイの幽霊とスクルージのやりとりを思い起こさせる。

「どうして自分の五感を信じないんだ」

「ちょっとしたことで狂うからだ。少し胃の調子が悪いとだまされるからだ。お前さんは、消化されていない牛肉か、マスタードのしみか、チーズのかけらか、生煮えのポテトだ。お前さ

んは、何かは知らんが、霊魂というよりも、ベーコンのほうに近いんだろう！」（三九頁）

　このときのスクルージは、作家ディケンズの現実的な認識――偽らざる心情を述べていたのである。

　一八五九年には、心霊主義を信奉するウィリアム・ハウィットと手紙上での論争となり、実在の幽霊屋敷があれば教えてほしい、自分がそこに行って確かめてみる、とまで言い、実際に出かけていって何もないことを証明してみせた。このやり取りをヒントに、一二月の『一年中』誌クリスマス特別号では、ほかの作家との合作で「幽霊屋敷」という短編連作小説を掲載している。

　そうしたディケンズだからこそ、一八六二年、ロンドンで心霊調査団体「幽霊クラブ」が設立されると、彼は早々に会員となった。「幽霊クラブ」は、超常現象を科学的に調査して、その真相を解明することを趣旨としていた。ルイス・キャロルやコナン・ドイルらが会員に名を連ねた、のちの心霊現象研究協会（SPR、一八八二年設立）と同じ趣旨で設立された団体である。その調査は、多くの場合、超常現象のウソを暴くこととなった。

　事実と空想を分けるとすると、幽霊や超自然的なものは空想（fancy）の領域に属すると、ディケンズは考えていたようである。ただし、「たかが空想、されど空想」である。事実だけの世界がいかに無味乾燥で味気ないものになるか、ディケンズは作家としての生涯にわたって繰り返し訴えてきたわけで（たとえば、功利主義的な事実偏重主義を痛烈に批判した『ハード・タイムズ』〔一八五四〕を参照）、だからこそ彼はクリスマスに幽霊話を書いたのである。事実と空想、現実と夢にまたがって幅広く人間について書けるところが、文学の最大の強みと言えよう。そして、この空想や夢は、のちにフロイトやユングらの精神分析によって「無意識」と接続したものとして理論化されることになる。

ディケンズは「死後の世界（ヒアアフター）」についてどのように考えていたのだろうか。ディケンズ研究者のマイケル・スレイターは次のように述べている。

> ディケンズが、死後の肉体の復活や、愛しい人たちとの再会の可能性を信じていたかどうかはわからない。妻と幼い子供〔ディケンズの姉フランシスとティム坊やのモデルとなったヘンリー・ジュニア〕を亡くした義兄ヘンリー・バーネットに宛てたお悔やみの手紙（一八四九年一月三十一日）の中でも、彼はその子が「永遠の世界で（…）母親と再会」したと「われわれは信じることができるかもしれない」というだけである（傍点引用者）。しかしディケンズは、まちがいなく、善人は何らかの不滅性を獲得するとつねに信じていた。ただし、（……）彼らが現世とは異なる世界で存在しつづけるか、あるいは現世の人々に与える影響という形で存在しつづけることを表現したかったのか――これはよくわからない。彼は人生のいかなる時においても、来世について考えたことはあまりなかったと推察される。彼の関心はすっかりこの世に向いていた。（『ディケンズの遺産』）

一八七〇年、ディケンズは五八歳でこの世を去るが、約一年前に書いた遺書のなかでこう述べている。

私は自らの魂を救世主イエス・キリストを通じて神の慈悲にゆだねる。そして、字句に拘泥《こうでい》して狭い解釈を施したものではなく、広い精神で理解された新約聖書の教えに従って身を処するよう、わが子たちに謙虚に訴えたい。(同前)

霊媒が死者と交信することをリーディングというが、一五〇年以上前にこの世を去った著者の本を読むこともまた死者との交信(リーディング)と言えるかもしれない。私たちは霊媒(medium)の力を借りなくとも、本という媒体(medium)を通じて、三一歳の若きディケンズと交信することが可能なのである。

翻訳にあたってはリチャード・ケリーの編集したブロードビュー版(二〇〇三)を底本に用い、必要に応じて他の版を参照した。とくにマイケル・パトリック・ハーンの編集したノートン注釈版(一九七六、二〇〇四)の注には教えられるところが多かった。初版本にはディケンズが監修したジョン・リーチによる挿絵が八枚(手彩色のエッチング四枚と白黒の木版画四枚)収められており、図像学的にも大変興味深いものだが、すでに多くの版や邦訳に再録されているので、ここではあえてセカンド・ベストともいうべきソロモン・アイティンジ（一八三三〜一九〇五）による挿絵を収録することにした。これは一八六八年（扉の表記は一八六九年）にアメリカでティクナー・アンド・フィールズ社から出版された版につけられたもので、リーチが描かなかった多くの場面が生き生きと（ときにチャーミングに）再現されている。ティクナー・アンド・フィールズ社はアメリカで唯一のディケンズ公認の出版社で、アイティンジに対するディケンズの評価も高かった。

本書の出版に際して、春風社編集部の櫛谷夏帆さん、装丁家の矢萩多聞さんのお世話になった。厚く感謝する。

参考文献

ワシントン・アーヴィング＝著、齊藤昇＝訳『スケッチ・ブック』岩波文庫、全二巻、二〇一四～一五年。

梅宮創造＝訳著『「クリスマス・キャロル」前後』大阪教育図書、二〇一三年。

大江健三郎＝著「空想する力とゆたかな心」、少年少女世界の文学８（『メアリ・ポピンズ、クリスマス・キャロル、ピーター・パン』）解説、河出書房新社、一九六六年。

加藤幹郎＝著『映画の論理／新しい映画史のために』みすず書房、二〇〇五年。

河合祥一郎＝編『幽霊学入門』新書館、二〇一〇年。

O・クルマン＝著、土岐健治・湯川郁子＝訳『クリスマスの起源』教文館、一九九六年（新装版、二〇〇六年）。

西條隆雄・植木研介・原英一・佐々木徹・松岡光治＝編著『ディケンズ鑑賞大事典』南雲堂、二〇〇七年。

ヘンリー・ジェイムズ＝著、土屋政雄＝訳『ねじの回転』光文社古典新訳文庫、二〇一二年。

マイケル・スレイター＝著、佐々木徹＝訳『ディケンズの遺産／人間と作品の全体像』原書房、二〇〇五年。

高山宏＝著『目の中の劇場／アリス狩り＊＊』青土社、一九八五年（新装版、一九九五年）。

塚本虎二＝訳『新約聖書 福音書』岩波文庫、一九六三年。

チャールズ・ディケンズ＝著、小池滋＝訳『クリスマス・キャロル』新書館、一九八五年（小池滋・松村昌家＝訳『クリスマス・ブックス』所収、ちくま文庫、一九九一年）。

——、井原慶一郎＝編訳『ドクター・マリゴールド 朗読小説傑作選』幻戯書房、二〇一九年。

——、山村元彦・竹村義和・田中孝信＝訳『ハード・タイムズ』英宝社、二〇〇〇年。

——「墓掘り男をさらった鬼の話」、小池滋・石塚裕子＝訳『ディケンズ短篇集』所収、岩波文庫、一九八六年。

——、北川悌二＝訳『ピクウィック・クラブ』三笠書房、一九七一年（ちくま文庫、全三巻、一九九〇年）。

ジョン・ハーヴェイ＝著、松田和也＝訳『心霊写真／メディアとスピリチュアル』青土社、二〇〇九年。

ジョン・ブラッドショー＝著、新里里春＝監訳『インナーチャイルド／本当のあなたを取り戻す方法』日本放送出版協会、一九九三年（改訂版、二〇〇一年）。

アン・フリードバーグ＝著、井原慶一郎・宗洋・小林朋子＝訳『ウィンドウ・ショッピング／映画とポストモダン』松柏社、二〇〇八年。

ジェリー・ボウラー＝著、中尾セツ子＝日本語版監修、笹田裕子・成瀬俊一＝日本語版編集委員『図説 クリスマス百科事典』柊風舎、二〇〇七年。

『ヒア アフター』、クリント・イーストウッド＝監督、ピーター・モーガン＝脚本、マット・デイモン＝主演、二〇一〇年、ブルーレイ＆ＤＶＤ（ワーナー・ホーム・ビデオ、二〇一一年）。

Paul Davis, *Charles Dickens A to Z: The Essential Reference to His Life and Work* (New York: Checkmark Books, 1998).

Charles Dickens, *The Annotated Christmas Carol*, ed. Michael Patrick Hearn (New York: W. W. Norton, 2004).

——, *A Christmas Carol*, ed. Richard Kelly (Peterborough, Ontario: Broadview Press, 2003).

——, "The Haunted House" in *Christmas Stories*, ed. Ruth Glancy, The Everyman Dickens (London: J. M. Dent, 1996).

——, *The Life of Our Lord*, in *Holiday Romance and Other Writings for Children*, ed. Gillian Avery, The Everyman Dickens (London: J. M. Dent, 1995).

——, "Review: *The Night Side of Nature; or, Ghosts and Ghost Seers* by Catherine Crowe" in *Dickens' Journalism: The Amusements of the People and Other Papers: Reports, Essays and Reviews 1834-51*, ed. Michael Slater (London: J. M. Dent, 1996).

Tara Moore, *Victorian Christmas in Print* (New York: Palgrave Macmillan, 2009).

Norman Page, *A Dickens Chronology* (London: Macmillan, 1988).

David Parker, *Christmas and Charles Dickens* (New York: AMS Press, 2005).

Paul Schlicke, ed., *The Oxford Reader's Companion to Dickens* (Oxford: Oxford University Press, 1999).

The Dickensian 89: 3 (winter 1993). Special issue to commemorate the 150th anniversary of the first publication of the *Carol*.

【訳者】井原慶一郎（いはら・けいいちろう）
一九六九年生まれ。鹿児島大学教授。専門は英文学、表象文化論。博士（文学）。著書に映画学叢書『映画とイデオロギー』（共著、ミネルヴァ書房、二〇一五）、訳書にアン・フリードバーグ著『ヴァーチャル・ウィンドウ／アルベルティからマイクロソフトまで』（宗洋との共訳、産業図書、二〇一二）がある。

クリスマス・キャロル

二〇一五年一一月一〇日 初版発行
二〇二二年一一月三〇日 三刷発行

訳者 井原慶一郎 いはら・けいいちろう
発行者 三浦衛
発行所 春風社 *Shumpusha Publishing Co.,Ltd.*
横浜市西区紅葉ヶ丘五三 横浜市教育会館三階
〈電話〉〇四五・二六一・三一六八 〈FAX〉〇四五・二六一・三一六九
〈振替〉〇〇二〇〇・一・三七五二四
http://www.shumpu.com ✉ info@shumpu.com

装丁・レイアウト 矢萩多聞
装画・挿絵 ソロモン・アイティンジ
印刷・製本 シナノ書籍印刷株式会社

ISBN 978-4-86110-474-9 C0097 ¥1500E